하루의 반을 일하는데
재미가 없으면 어떡하지

하루의 반을 일하는데 재미가 없으면 어떡하지

초판 1쇄 발행 2023년 11월 30일

지은이 이은경, 채진아

펴낸이 조기흠
책임편집 박소현 / **기획편집** 이수동, 최진, 김혜성
마케팅 정재훈, 박태규, 김선영, 홍태형, 임은희, 김예인 / **제작** 박성우, 김정우
디자인 studio forb

펴낸곳 한빛비즈(주) / **주소** 서울시 서대문구 연희로2길 62 4층
전화 02-325-5506 / **팩스** 02-326-1566
등록 2008년 1월 14일 제 25100-2017-000062호

ISBN 979-11-5784-713-6 (03810)

⌂ hanbitbiz.com 🅵 facebook.com/hanbitbiz 🅽 post.naver.com/hanbit_biz
▶ youtube.com/한빛비즈 📷 instagram.com/hanbitbiz

지금 하지 않으면 할 수 없는 일이 있습니다.
책으로 펴내고 싶은 아이디어나 원고를 메일(hanbitbiz@hanbit.co.kr)로 보내주세요.
한빛비즈는 여러분의 소중한 경험과 지식을 기다리고 있습니다.

〈사이렌: 불의 섬〉 출연진 × 제작진 인생 토크

하루의 반을 일하는데 재미가 없으면 어떡하지

이은경, 채진아 지음

한빛비즈
Hanbit Biz, Inc.

목차

2장　경호

3장　군인

4장　소방

5장　스턴트

6장   운동

7장　스텝

"나는 원래 이런 새끼야"

조연출 시절 주문처럼 외우던 말이다. 여기서 '이런'에는
많은 순간들이 대입된다. 밤새 영상을 편집해도 집에 가서
씻고는 와야 하는 '이런', 한 번 더 고칠 시간이 있어도 검수
따위는 선배에게 던져버리는 '이런', 방송 분량을 1분은 더
뽑을 수 있을 것 같지만 흐린 눈으로 재밌는 부분을 못 본
척 지나가는 '이런' 등. '새끼'는 일종의 자기 멸시다. 그래서
'이런 사람'으로 대체될 수 없다.

살기 위해 만든 주문이었다. 편집하려고 앉으면 눈물부터
났다. 그때 이 주문을 처음 외우기 시작했다. 잘하는 건
하나도 없는 것 같고, 해도 해도 실력은 늘지 않던, 암흑의
시절이었다. 선배도 탓해보고, 회사도 탓해보고, 세상도
탓해봤지만 결국 그 모든 화살은 나에게로 되돌아왔다.

아무도 들어가라고 한 적 없는 자책 뒤주에 혼자 갇혀
스스로를 못살게 굴었다. 그때 만든 주문이었다. 내가
이 정도인 걸 인정해버려야겠다. 나는 천재도 아니고,
마스터도 아니고, 스페셜리스트도 아니고, 그렇다고
제너럴리스트도 아닌 걸 인정하면 자책에서 벗어날 수
있을 것 같았다. 이렇게 태어난 걸 어떡해. 나는 원래 이런
새끼인데.

"노력하기 때문에 방황하는 거야"

합리화 주문을 외워도 없던 능력이 생기는 건 아니었다.
일을 그만둬야겠다고 생각했다. 일을 계속하는 게 너무
아팠다. 매일매일 나의 모자란 부분만 들추다가 하루가
끝나는 것 같았다. 삶이 갉아먹히는 기분이었다. 회사가
있던 상암동에서 가장 먼 곳으로 도망가야겠다고 생각했다.
입사 후 첫 휴가에 세네갈로 떠났다. 바쁘다는 핑계로
입사 후 한 번도 연락한 적 없던 지인이 거기서 일을 하고
있었다. 가도 되냐고 묻고, 와도 된다는 말을 듣자마자
무작정 짐을 쌌다. 30여 시간의 비행이 힘들지 않았다.
지금 하고 있는 일로부터 벗어날 수 있다면 40시간이고
50시간이고 갈 수 있을 것 같았다. 그렇게 도착한 아프리카
세네갈 지인의 집. 긴 여정에 '힘들었겠다'며 간단히
와인 한잔하자고 시작한 술자리가 새벽까지 이어졌다.

술자리의 주제는 하나로 귀결되었다. '나는 피디를 하기에
능력이 없다. 피디를 그만둬야 할 것 같다.' 한참을 듣고만
있던 그가 《파우스트》를 꺼내며 글귀 하나를 소개했다.
'노력하는 자는 방황하나니 방황하는 자는 구원을
얻는다.' 그 순간 내 방황의 이유를 알게 됐다. 내가 이
일을 사랑하고 있구나. 잘하고 싶어서 누구보다 노력하고
있구나. 그래서 내가 방황하는구나. 그렇게 나는 다시
30시간이 걸려 상암동으로 돌아왔다.

"요즘 누가 직업에 명예를 걸어"

세네갈 여행 이후, 나는 피디 일을 사랑하는 '새끼'라고
스스로를 인정하기 시작했다. 사랑이었다. 괴로울수록 더
하고 싶어졌다. 일어나서 잠이 드는 순간까지 생각했다.
꿈을 꾸면서도 영상을 편집하고 음악을 다시 골랐다.
꿈속에서라도 일을 잘하고 싶었다. 하루 종일 그 생각만
하다 보니 조금씩 요령도 생겼고, 일이 손에 익으니
재밌어지기까지 했다. 그러자 친구들이 말했다. 나는
로또를 맞은 거라고. 요즘 일을 누가 재미로 하냐는
거였다. 하루의 반을 일하면서 사는데 재미가 없이 어떻게
일하냐고 물었더니, 나머지 반에서 재미를 찾으면 된다고
했다. 그럼 반쪽뿐인 인생 아니냐고 물었더니 다 반쪽 같은
인생을 산다고 했다. 사과만 해도 한쪽을 잘라 반쪽은

그냥 버린다고 생각하면 너무 아까운데. 사과도 아니고 인생의 반쪽을 그냥 버린다니. 보여주고 싶었다. 두 반쪽을 합친 하나의 인생을 살기 위해 노력하는 사람들을. 일을 사랑하는 사람들을. 일에 명예를 거는 사람들을.

"같은 사명감을 가진 네 명이 모이면 무엇을 생각하는지, 어떻게 움직이는지, 얼마나 포기하지 않는지 보여주고 싶었다"

〈사이렌: 불의 섬〉을 기획하고 경찰, 경호, 군인, 소방, 스턴트, 운동 6개의 직업군별 생존 서바이벌을 구상했다. 기획을 하면서도 다들 반신반의했다. 직업에 명예를 건 사람들이 진짜 있을까. 출연자 미팅을 서둘러 잡았다. 레퍼런스를 찾기 쉽지 않았기 때문에 그들이 우리의 살아있는 레퍼런스가 되어야만 했다. 미팅을 했던 사람들 중 많은 사람들이 '최초'의 대명사였다. 여자 소방관 '최초' 소방경연대회 참가자, 여자 해양경찰 '최초' 마약사범 검거, 여자 군인 '최초' 예비역 중사 등. 본인이 '최초'가 아니라 '마지막'이 될까 봐 그들은 늘 벼랑 끝에 선 마음으로 일했다. 못 한다는 말은 그들에게 사치였다. 누구보다 자기 스스로를 제일 혹독하게 몰아붙였다. '나 같은 새끼'들이 또 있냐고 호기심에 가득 찼다가도 누가 이길 것 같냐고 하면 그래도 자신의 직업군이 1등 해야 된다고, 서로를 민간인 취급하는 사람들이었다. '왓츠 인 마이백'을 하면

도끼가 나오고, 창문을 깨는 데 주저함이 없고, 비가 오면
불편함보다 유리함을 이야기하는 사람들. 이거 예능이라고,
이렇게까지 하실 필요 없다고 제작진이 나서서 말리면,
가서 주무시라고 제작진을 안심시킨 뒤 몰래 빠져나가
다음 작전을 짜는 사람들. 이들 덕에 '센 놈이랑 붙는
게 멋있다'는 것을 알게 됐고 '기다리면 보람이 있다'는
것도 깨달았으며 '쉽지 않은 일을 대수롭지 않게' 해내는
사람들이 있다는 걸 눈으로 직접 보았다. 직업에 명예를
건다는 건 생각했던 것보다 훨씬 멋진 일이었다.

"너네가 대한민국 예능의 역사를 썼다"

모든 촬영을 끝내고 드론팀 이현수 감독님이 해주신
말이다. 역사를 쓴 건 사실 스텝들이었다. 300여 대의
카메라와 200여 명의 스텝들, 6박 7일간의 고립된 촬영.
어느 누군가 짜증 내도 이상하지 않을 상황이었는데
불평하는 사람이 하나 없는 신기한 촬영이었다.
다 열거할 순 없지만 〈사이렌: 불의 섬〉에는 출연자
못지않게 자기 일에 뜨거웠던 스텝들이 있었다. '이런
새끼'들이 써내려간 역사를 눈으로 볼 수 있어 감사하고
행복했다.

"이번에는 제작진 아웃트로 없나요?"

콘텐츠를 만드는 일이라는 게 다수의 프리랜서와 함께하는 일이다 보니 실무자들은 만나고 헤어지기를 반복한다. 잘했다고 뜨겁게 박수 한 번 쳐주지도 못하고 사람들을 보내는 게 아쉬웠다. 언젠가부터 그 아쉬움을 제작진용 아웃트로를 만들며 대신하곤 했다. 현장에서 우왕좌왕하는 모습, 선배를 만나 억지웃음 짓는 모습, 허둥지둥 슬레이트 치는 모습 같은 것들을 모아서 그 시절 우리의 의미를 담곤 했다. 〈사이렌〉은 무려 입봉작이니까 당연히 이번에도 아웃트로를 만들어야지 생각하고, 회의하며 답사하며 촬영하며 아웃트로 영상들도 찍어두곤 했다. 그런데 만들지 못했다. 한순간도 전화기를 떼지 않고 눈인사만 건네고 지나가는 후배의 영상을 보다 보니 마음이 먹먹해졌다. 아웃트로를 만들면 보내야만 하니까. 〈사이렌〉도 제작진도 떠나보내야 하니까. 무엇을 위한 일이었고 누구를 위한 일이었는지, 무엇이 고마웠고 어떤 게 미안했는지 담아내기엔 3분의 아웃트로는 짧았다. 그래서 이번 아웃트로는 이 책으로 대신하려고 한다. 겨울에 시작해 뜨겁게 토론하던 봄과 태풍에 기지라도 날아갈까 잠 못 자던 여름, 치열했던 가을과 앓아누웠던 겨울을 지나 다시 봄, 뜨거운 반응을 만날 때까지 계절이 6번 지나는 동안 나는 '어떤 새끼'였는지 우리는 어떤 팀이었는지 책을 통해 기억하길 바란다.

"사이렌을 조금 더 빨리 만났다면 제 인생이 달라졌을 것 같아요"

평균 수명이 100세를 넘어 120세도 바라보는 시대라고
한다. 10대라면 110년 더 살아야 하고, 20대라면 100년,
30대라면 90년, 40대라면 80년 더 살아야 한다. 70대인
어머니에게도 50년 더 살아야 한다고 늘 주지시킨다.
지금도 늦지 않았다. 습관처럼 방황하고 있나. 방황하고
있다면 노력하기 때문이다. 마음에 동요함이 있나. 동요
속 미묘한 움직임을 큰 움직임으로 바꿀 때이다. 겉보기에
근사한 '뭐'가 되는 것보다 '이런 새끼'여도 내가 되는 게
중요하다. 지금이라도 만나서 반갑다. 그런 사람 또 있다고
서로를 방패막이 해주며 나아가면 좋겠다. '나는 원래
이런 새끼야'라고 마법의 주문을 외워보자. (여기서 새끼는
소중함을 표현한다. 예를 들면 할머니의 '아이구 내 새끼') 이
주문이 당신을 자유롭게 하길 원한다. 당신은 뭐든 꿈꾸고
뭐든 될 수 있다.

2023년 이은경

1장

경찰

"바다 멋있다.
경찰 멋있다.
합쳤네. 미쳤다."

김혜리 인천 해양경찰서 해양안전과 경장

해양경찰이 되기 전 다른 일을 하셨는데요.

국제 여객선에서 2등 기관사로 일했어요. 항해사는 배를

운전하는 일을 하고, 기관사는 배의 동력을 책임지는

일을 해요. 군산에서 중국으로 가는 여객선에서 한 2년

근무했고. 또 나머지는 평택에서 중국으로 화물차와, 여객

싣고 이송하는 배, 제주 다니는 여객선에서 근무했어요.

군산에서 중국까지는 한 8시간, 9시간 걸리는데 바로 또

한국으로 와야 돼요. 중국에 입항하면 사람 내리고 또

다시 출항해서 사람 태우고 한국 오고. 또 한국에서 내리고 태우고 계속. 여객선 기관사로 4년 정도 근무했어요.

오랜 시간 동안 배에 있으면 힘든 점이 많았을 것 같아요.

외롭습니다. 혼자 보내는 시간을 이겨내려면 책 읽고, 음악 듣고, 좋은 생각만 해야 해요. 그리고 해를 못 봐요. 기관실은 배의 가장 아래 있으니까 어둡죠. 밝은 데 나오면 눈이 잘 안 떠져요.

배 멀미는 안 하셨나요.

멀미는 잘 안 해요. 오뚝이의 무게중심이 가장 아래에 있잖아요. 배도 가장 안 흔들리는 곳이 제일 아래거든요. 그런데 기관실은 소음이 엄청 심해요. 그래서 귀마개 하고 동료들과 손짓, 발짓으로 시그널 주면서 일했어요.

기관사로 근무하다가 해양경찰이 되신 계기가 있나요.

원래 어렸을 때부터 꿈이 경찰이었거든요. 근데 바다를 너무 좋아해서 해양경찰이 꿈이 됐어요. 바다 멋있다. 경찰 멋있다. 합쳤네. 미쳤다. 이렇게 된 거예요. 그래서 자연스럽게 대학을 해양경찰기관과에 갔는데 해양경찰 채용 인원이 너무 적더라고요. 졸업하고 기관사로 4년 일하고, 너무 해경이 되고 싶어서 기관 특채로 해양경찰에 입사했어요.

어렸을 때부터 바다를 좋아하셨나 봐요.

바다를 워낙 못 갔어요. 고향이 주변에 바다가 없는
지역이었어요. 저는 바다 너무 좋아하는데 아버지가 안
데려가 주셨어요. 저희 집은 휴가 때 계곡밖에 안 가거든요.
바다를 동경했던 것 같아요.

귀마개 하고 동료들과 손짓, 발짓으로 시그널 주면서 일했어요.

근무지는 계속 바뀌시는 건가요.

매년 옮겼어요. 영흥도 파출소에서도 근무했었고,
상황실에서도 있었고, 배는 두 번 탔어요. 1년씩 발령지를
내주는데 함정으로 발령이 나면 1년 동안 배를 타요. 그럼
1년 동안 파출소 가고 1년 동안 상황실 가고 그런 식으로.
매년 정기 발령이 있거든요.
그리고 배는 톤 수마다 구역이 나눠져 있어요. 광역 구역,

연안 구역 이런 식으로 나눠져서 (상대적으로 작은) 500톤 배는 그나마 가까운 곳, 육지 쪽 근처에 있고 대형 배는 바다 멀리 나가요.

배를 타고 나가면 어떤 일을 하시나요.

서해로 나가서 중국 불법 어선을 잡아요. 7박 8일 동안 바다에 떠 있어요. 못 들어오게 일단 막고 경고 방송도 하고. 연평도, 백령도 이쪽에서요. 7박 8일 나갔다가 2주 육지에 있는 식으로 배 3개가 3교대로 돌아요. 저는 배 기관실 안에 컨트롤 룸이라고 온도나 각종 장치들 조작하는 데가 있어요. 엔진 움직이는 바로 옆, 거기서 근무하고, 중간 중간 귀마개 끼고 순찰도 돌았죠.

해경이 되어도 바다를 많이 보시진 못하겠네요.

그렇죠. 밀폐돼서. 바다를 좋아해서 해경이 됐는데 말이죠. 그래도 3교대로 근무하기 때문에 당직 끝나면 나갈 수 있어요. 배 안에 침실, 샤워장, 체력 단련 할 수 있는 헬스장 다 있고요.

7박 8일 동안 몇 명이 함께 가시는 거예요.

한 배에 지정된 인원, 40명 정도가 한 번에 나가요. 저희 기관부는 3명씩 3교대인데, 같이 밥 먹고, 일하고, 당직

서다 보면 엄청 끈끈해져요.

7박 8일 근무 마치고 육지로 돌아오면 2주 동안 어떤 업무를 하시는 건가요.

기관 정비 일을 해요. 엔진을 계속 썼으니까 오일도 갈아주고 필터도 갈고 고장 난 데 고치고요. 자동차로 치면 엔진오일 갈고 필터 갈고 그런 거 있잖아요. 주기마다 해줘야 돼요.

기관 부서에 여자 직원이 많이 있나요.

저밖에 없었어요. 기관은 여자가 많이 없는 것 같아요.

해양경찰로 근무하시면서 어려운 점이 있다면요.

일단 여자 경찰은 중국 어선 단속할 때 단정을 안 타요. 단정은 조그만 3톤급 보트인데 두 척의 배가 무장하고 나가거든요. 근데 거기 8명씩 타는데 여자 경찰은 안 태워요. 그래서 좀 눈치가 보이죠. 남자 경찰들한테. 너무 고생하는데 (무장하는 데) 무게도 엄청나거든요. 엄청 무거워요. 칼, 창으로 찔러도 막을 수 있어요. 고프로도 달고, 헬멧도 무거워요. 그런 장비들 착용하고 단정 타고 (파도가) 엄청 꿀렁거리는데 그 상태로 중국 어선에 올라타야 돼요. 올라탈 때도 중국 어선 선원들이 저항을

하거나 갑자기 빨리 가면 떨어질 수도 있어요. 뭐 던지는
경우도 있고 위험한 상황이 많아요. 잡으면 끝나는 것도
아니고 잡으면 또 중국 어선에 당직을 들어가야 돼요. 계속
못 자고 못 자는, 그런 날들의 반복인 거죠.
근데 단정을 내 의지로 안 타는 게 아니잖아요. 당직 서면서
눈치 보느니 그냥 타고 싶다고, 저는 차라리 타고 싶다고
하죠.

경찰로서 가장 중요한 덕목은 뭐라고 생각하시나요.

청렴이라고 생각합니다. 국민을 위해 일하고 있기 때문에
어떤 순간에도 '청렴'을 마음에 새기고 살아야 하는 것
같아요.

경찰로서 최종 목표가 있다면 무엇일까요.

해경 최초 여성 기관장이 되고 싶어요.

"많은 여자 형사들이
근무할 수 있는
환경이 되도록
노력하고 싶습니다."

이슬 창원 해양경찰서 수사과 형사계 경사

해양경찰 수사과에서는 보통 어떤 사건들을 다루시나요.

바다와 먼 지역에 사는 분들은 생소하실 수 있는데
해양에서 일어나는 사건, 선박 간의 충돌, 절도, 폭행,
변사, 살인, 마약까지 다양한 분야를 담당하고 있습니다.
해양경찰에 대해서 사람들이 생소하다 보니까 일반
경찰이랑 좀 다르게 생각하시는 부분이 있는데 관할만
육상이냐 해양이냐 이런 차이일 뿐입니다. 예를 들면 선박
간의 충돌은 일반 교통사고라고 보시면 됩니다.

처음부터 형사계에 근무하셨나요.

처음 1년 차에는 장비관리과라고 해양경찰 함정 등의
장비들을 총괄적으로 관리하는 부서였습니다.

뭐 여자, 남자 상관없이 성향에 따라서 이 부서에 맞는지 안 맞는지가 결정되더라고요.

형사계에는 어떻게 가게 되셨나요.

다른 회사들과 마찬가지로 인사 담당 부서도 있고 이렇게
장비를 담당하는 서포트 부서도 있는데, 제가 경찰이
되기 전에 수사만 바라보고 공부를 해서 꼭 경험해보고
싶더라고요. 그래서 지원했습니다.

처음에는 왜 형사계 지원을 하려고 하느냐, 남자 직원들도
못 버티고 많이 나가는데 힘들다, 가지 마라 이렇게 조언을
해주시는 분들도 많았어요. 그런데 막상 형사계 와서
근무해보니까 이게 뭐 여자, 남자 상관없이 성향에 따라서

이 부서에 맞는지 안 맞는지가 결정되더라고요.

형사계에 6년 정도 근무하셨는데, 잘 맞나요.

해상 변사 사건 같은, 사망 원인을 알 수 없는 그런 시신이
(해상에) 떠오를 때가 있어요. 현장에 도착하자마자
외부에 골절이 있는지 아니면 멍이나 상처가 있는지, 타살
의혹이 있는지부터 확인을 하고, 지문을 통해 신원 확인을
하거든요. 근데 어쨌든 죽은 사람이다 보니까 무서워하시는
분들도 있었어요. 장례식장 영안실에 혼자 들어가서
확인해야 하거든요. 해상에서 떠오른 시신은, 목욕탕
가시면 손끝이 쭈글쭈글하잖아요. 시신의 손끝을 펴서
물기 제거하고, 드라이기로 말려서, 지문을 채취하면서 이
사람의 신원을 확인해요. 확인이 되면 가족들한테 알려야
되고 그때부터 이 사건이 진행되는 건데 이런 지문 확인도
두려워하시는 분들도 많으시더라고요.
근데 저는 그 부분에 있어서 한 번도 무섭다는 생각은 못
해봤거든요. 덩치 좋고 키도 큰 남자 분들도 6개월도 못
버티고 나가는데 저는 성향이 잘 맞아서 아직까지 잘 남아
있는 것 같습니다.

**육지에서 일어나는 변사 사건과 비교했을 때 해상 변사 사건의 다
른 점은 무엇인가요.**

처음에 변사체를 접했을 때 몸에 상처들이 많이 있더라고요. 그래서 '이거는 타살 의심이 될 수도 있겠다' 생각했는데 바닷속에 조개껍질도 많고 파도나 돌에 휩쓸리거나 외부 요인으로 생기는 상처들도 많았어요. 그래서 그런 상처가 누군가에 의해서 생겼는지 아니면 해상의 특수한 환경 때문에 생겼는지 구분도 좀 필요해요. 산에서 발견되는 변사체는 그냥 단순히 썩는다고 해야 되나? 그런 경우가 많은데 해상에서 발견되면 전문 용어로는 거인화 현상이라고 하거든요. 물에 있으니까 불고, 장기들이 부패되면서 시신이 부풀어 오르는 거예요. 그래서 해상에서 발견되는 변사자는 가족들도 전혀 알아볼 수 없는 경우가 많습니다.

근무하시면서 가장 힘들었던 사건은 어떤 게 있을까요.

무인도에서 잠복근무를 한 사건이었습니다. 불법 조업 사건인데 저희가 위험하다고 생각했던 부분이 해녀들이 바다 어획물을 채취하잖아요. 보통 어릴 때부터 배운 기술로, 숨을 오래 참는 방법 이런 기술로만 하시는데, 젊은 사람들은 해녀 일을 잘 안하거든요. 그러니까 대부분의 해녀는 나이가 있으신 어머니들이에요. 근데 어머니들한테 공기통까지 메게 하고 막 몇 시간씩 작업을 시켜요. 해녀들한테 잠수통을 메게 하면 더 오랫동안 더 많은 어획물을 채취할 수 있으니까. 그렇게 오랜 시간 작업을 하다 보면 사망하는 경우도 있거든요. 그런 걸 애초에 예방하기 위해 저희가 단속을 나갔어요. 그런데 그런 불법 조업 같은 경우에 육상에서 볼 수 있는 장소에서는 작업을 안 하거든요. 안 보이는 데서 몰래 작업을 하다 보니까 저희도 사람이 없는 무인도에 들어가서 잠복근무를 했습니다.

가파른 절벽 같은 데 쪼그려 앉아 숨어가지고 카메라만 들고, 증거 수집을 합니다.

무인도라면 아무것도 없을 텐데 어떻게 잠복을 하나요.

장비가 있다고 생각하실지도 모르겠지만 의자도 없이 산속에 잠복합니다. 왜냐하면 저희가 조금이라도 편안한 장소에 있다 보면 범죄자들이 저희를 볼 수도 있어요. 그래서 가파른 절벽 같은 데 쪼그려 앉아 숨어가지고 카메라만 들고, 증거 수집을 합니다.

잠복하는 동안 두렵지 않으셨나요.

다른 건 무섭지 않았는데, 거기가 아무도 없는 데다
보니까 너무 조용하고, 깜깜한데 꽃게들이 지나가요.
사부작사부작. 그 나뭇잎 밟으면서 지나가는 소리가 계속
계속 들려요. 그 소리가 사람보다 더 무서웠어요.

이후 검거 과정이 궁금해요.

사전 조사를 통해 보통 몇 시에 조업을 나가는지 몇 시에
들어오는지 확인해요. 그리고 그전부터 들어가서 장비랑
카메라 세팅 준비하는데요, 그때는 18시에 나가서 새벽
3시까지 잠복했습니다. 두 명이 갔어요. 보통 2인 1조로
다니거든요.
만약에 증거 수집이 안 되면 항구에 들어와도 잡을 수
없거든요. 그래서 무인도에 잠복한 팀은 증거를 확보하고,
배가 들어오는 항구에서 또 몇 명이 잠복을 해요. 같이
불법 조업하시는 선장님이랑 해녀 어머니들도 있지만 그
물건을 받아서 유통하는 유통업자들도 있거든요. 오랫동안
기업형으로 운영되는 조직이었어요. 그러니까 피의자들이
조금 많은 경우였어요. 그래서 다 같이 붙어 가지고 검거에
성공했습니다. 지금까지도 풀독으로 고생하고 있지만,

고생한 것의 몇 배로 얻은 게 많은 경험이었습니다.

마약 사범을 검거하신 사건도 궁금해요.

주말 근무 하고 있는데 마약 제보를 하겠다는 분이
사무실로 찾아 오셨어요. 선장이랑 다이버랑 해상에서
마약하고 있다고요. 근데 마약에 취하면 술에 취한 것보다
배 운항이 더 위험하거든요. 바다에서는 충돌 사고도 많이
나는데, 선박이 전복되거나 침수되면 선박 내에 있던
사람들이 바다로 빠져서 익수, 저체온증 등으로 사망하는
경우도 많아요. 그 대형 사고를 막기 위해서 제보하러
왔다고 하시더라고요.

바다에서 마약 거래 하시는 분들이 많은가요.

보통 배들은 새벽 1시, 2시에 바다로 나가서 아침 7시,
8시까지 조업을 하다가 들어와요. 조업이 잘되는 배는 1박
2일까지도 하거든요. 밤낮이 바뀌어서 일하는 거죠. 그런
분들은 몸이 힘드니까 마약을 하면 에너지 드링크처럼 힘이
마구마구 솟아올라서 피곤함을 못 느낀다고 하더라고요.
저도 어떤 느낌인지 정확히 모르지만 피의자들이 그렇게
말했습니다. 해상에서 마약을 하고 주사기를 던져버리면
바다에는 cctv도 없으니까. 그렇게 마약에 손대는 사람들이
있더라구요.

마약 사범은 어떻게 검거하신 건가요.

먼저 그 사람들의 활동 패턴을 확인해서 반경을
특정했습니다. 이후에 항구 cctv를 분석했는데 주사기를
건네는 장면이 확인되었습니다. 그 사람은 이제 두 번째
검거한 피의자고. 최초 검거한 사람은 저희가 '제보가
들어왔으니까 확인하러 왔습니다' 했는데 그 사람이 방금
필로폰을 투약해서 차에 주사기가 있었어요. 그래서 바로
현행범으로 체포했어요. 그 피의자는 선장이었고 그날
조업하는 중에 투약하고 들어온 거죠. 주사기를 미처
버리지 못하고 차에 둔 것을 저희가 확인 후, 검거하게
됐습니다.

다이버는 어떻게 됐어요.

겉보기에는 다이버라는 직업을 가지고 있는데
판매책이더라고요. 이 선장한테 마약을 팔았는데, 보통
이런 경우에 선장을 조사하면서 어디서 구매했냐, 누구한테
구매했냐 물어보면 말을 잘 안 해요. 마약사범들은 마약을
끊을 수가 없다고 하더라고요. 자기가 형을 살다가 나와도
또 사야 되는데 판매책을 말할 경우에는 매장되고, 다시는
살 수가 없으니까 보통 얘기를 안 해요. 그래서 (선장의)
사모님과 계속 설득했어요.
근데 마약사범끼리는 주거도 공유를 안 하거든요. 왜냐하면

마약사범이 검거됐을 때 판매책이나 총책을 얘기하면
감형에 조금 도움이 돼요. 그래서 어디 사는지 비밀에
부치는 거죠. 그냥 '어디 나오세요, 여기서 만납시다 8시'
그리고 순식간에 지나가면서 마약을 주고받아요. 그래서
주거지도 '어디 빌라입니다, 어디 아파트입니다'가 아니고
'어디 동입니다' 이렇게만 진술을 해요. 그러면 그냥 그
동 근처에서 계속 잠복하고, 항구도 알아내서 cctv도
확인하고. 그런 과정을 거쳐 검거할 수 있었습니다.

여성 해경 최초로 마약 사범 검거하신 거라고 들었는데요.

보통 사건은 순번대로 받거든요. 저희 반 순번이었요.
근데 아직까지 그런 것들이 남아 있어요. 남자들이 많은
조직이다 보니까 '여자가 뭘 할 수 있겠냐, 너희 반 말고
다음 반으로 하자' 뭐 약간 이런 느낌의 말씀을 하셔서
'순번대로 가자, 제가 다 하겠다' 그래서 제가 하게 됐어요.
또 하다 보니까 나름의 장점이 있어요.
남자 경찰들은 일반인들이 딱 봤을 때도 '저 사람 경찰이다,
형사다'라는 느낌이 있거든요. 마약사범들은 전과가
7범, 14범 이렇게 되다 보니까 더 잘 알고 있어요. 보통
형사들은 어떤 옷을 입고, 어떤 차를 타고 다니는지 이런 걸
알기 때문에 잠복근무를 하다 보면 마약사범들은 눈치가
빨라서 더 빨리 도망가요. 주거도 일정하지 않고. 근데

제가 맨날 아침마다 가서 잠복을 하니까 몇 번 마주친 적도 있거든요. 근데 의심을 전혀 안 해요. 그렇다 보니까 주로 현장에 나가서 확인하는 거는 저의 몫이었어요. 저희 반 사건이기도 했고. 덩치 큰 남자 경찰들도 잘 해결할 수 있는 사건이지만, 이 사건은 오히려 제가 더 잘할 수 있던 부분이 있다고 생각합니다.

앞으로 형사계에 계속 근무하실 예정이신가요.

형사계 쪽은 주로 남자 경찰들을 뽑으려고 하는데 그런 인식을 제가 깨뜨리려고 지금까지 버티면서 노력하고 있어요. 아직 수사하고 싶지만 못 들어오는 저희 후배들도 많거든요. 앞으로도 많은 여자 형사들이 근무할 수 있는 환경이 되도록 노력하고 싶습니다.

해양경찰로서 목표로 하시는 미래가 있으실까요.

저보다 더 잘할 수 있는 여자 형사들이 올 수 있는데 제가 행동을 잘 못해버리면 그것으로 사람들이 편견을 가질 수 있기 때문에 그런 부분을 안 보이려고 많이 노력하고 있어요. 일반 경찰은 여자 경찰들 인원이 많다 보니까 여자 수사 과장님도 있지만 저희는 아직까지 없거든요. 여자 형사계장, 여자 수사과장까지 목표를 바라보고 열심히 수사과 근무를 하고 있습니다.

"지구대에 '터미네이터'가 있다, 이렇게 된 거예요. 그때 이후로 제 별명이 '서미네이터'가 됐어요."

서정하 대전 둔산경찰서 수사과 사이버범죄수사팀 경사

어렸을 때부터 꿈이 경찰이셨나요.

저는 열세 살 때부터 꿈이었어요. 그래서 대학을 경찰
행정과 졸업했어요. 경찰서로 놀러간 적 있었는데
'싸이카'를 태워주셨어요. 그때부터 진짜 한 번도 꿈을 바꾼
적이 없었던 거 같아요.

싸이카 부서가 하는 일은 무엇인가요.

대통령이나 높은 분들을 경호, 경비 한다거나, 이동할 때

앞에서 길 터주고, 열 맞춰서 운행하고. 아니면 교통 위반 차량을 빠르게 쫓아가서 해결하고.

싸이카 부서에 여성 비율이 얼마나 되나요.

전국에 세 명 있어요. 전국 여자 경찰 중에 세 명.

여성 비율이 적은 이유가 있을까요.

오토바이 자체가 워낙 무거워서 여자를 잘 안 뽑으려고 하더라고요. 제가 있는 대전청에는 여자 경찰을 아예 뽑지 않아요. 그래서 계속 어필하고 있는데 위험하다고 생각하시는 것 같아요. 남자들도 이런 게 쉬운 게 아니라고 생각하시고.

운동은 원래 좋아하셨나요.

네. 어렸을 때부터 합기도랑 웨이트 좀 오래 했고요. MMA(종합격투기) 조금 하다가 경찰 되고 나서는 태권도랑 크로스핏이랑 역도 이런 거 했어요. 피트니스 대회도 나가고. 대회 준비할 때는 아침에 5시에 일어나서 공복 유산소 한 번 하고 씻고 이제 출근해서 퇴근하고 다시 헬스장 와서 운동하고 나가서 한 바퀴 뛰고. 그 이후에도 계속 그 생활을 했어요.

역도를 하신 점이 특이한데요.

크로스핏을 하면서 역도 세미나를 우연치 않게 한 번
들었는데 너무 재밌는 거예요. 힘이 또 그렇게 좋아가지고.
그래서 자세도 잘 모르고 아무것도 모르는데 그냥 한번
나갔다가 우연치 않게 메달을 땄습니다. 체급 1등 했어요.

원래 어렸을 때부터 힘이 좋으셨나요.

그건 아니었던 것 같아요. 어렸을 때 몸이 약해서 병원
되게 자주 다녔었대요. 그래서 그때부터 합기도랑 이런 거
시키셨는데 지금은…

체고에서 스카웃 제의를
세 번 받았었는데,
경찰이 너무 꿈이어서 안 갔죠.

운동을 오래 하셨는데 운동선수 해볼 생각은 안 하셨나요.

체고에서 스카웃 제의를 세 번 받았었는데, 경찰이 너무
꿈이어서 안 갔죠.

꿈꾸던 직업 경찰, 실제로 되어보니 어땠나요.

처음에 지구대에 발령받았을 때 한 2~3일 만에 팀이
네 번 바뀐 것 같아요. 여자여서 서로 안 받겠다고.
되게 속상했어요 첫 발령지에서 그냥 딱 이런 테이블에
앉아서 말씀을 듣는데, '원래 우리 팀 안 뽑으려고 했어.
뭐 이야기 들었지' 이렇게 말씀하시는 거예요. 그때 되게
상처 받았어요. 지구대는 다른 부서들보다 먼저 출동하는
부서이기 때문에 좀 더 위험한 일이 많잖아요. 그래서 네
번 바뀌었습니다. 그런 이유 때문에도 운동을 그만둘 수가
없어요.

**같이 근무하다 보면 정하님의 진가를 알게 되잖아요. 그러면 좀 태
도가 바뀌시나요.**

지금은 그 말이 되게 좋은 것 같아요. '정하는 뭐
일당백이지' 아니면 더 뭔가를 했을 때는
'정하는 일당 삼백이지. 웬만한 남자 경찰들보다 낫지' 이런
이야기를 많이 해주세요. 그러면 말씀만이라도 감사하죠.

그렇게 바뀌게 된 특별한 사건이 있을까요.

처음으로 일당백 소리 들은 게 지하철역에서 폭행을
휘두르는 주취자가 있다 신고가 들어와서 나간 거였어요.
그때 이 분이 누군가를 때릴 것 같기는 했어요. 그래서 손

한쪽에는 수갑을 들고 있었거든요. 근데 아니나 다를까 이 분이 지하철역에서 나오자마자 저랑 같이 간 조장님의 뒤통수를 빡 때려버리시는 거예요. 제가 그 주취자 분 가까이에서 걷고 있었거든요. 바로 땅바닥에 누르고 얼굴을 짓눌렀습니다. 그런데 그거를 우연치 않게 그때 근무가 아니던 주임님이 버스를 타고 가다가 보신 거예요.

그 이후로 지구대에 '터미네이터'가 있다, 이렇게 된 거예요. 그래서 그때 이후로 제 별명이 '서미네이터'가 됐어요. 진짜 우연이었어요. 그 분이 술도 많이 드시고 몸을 똑바로 가누지 못하시니까 좀 더 수월했어요. 그리고 사실 먼저 때리셔서 제압이 가능했죠. 그게 없었으면 뭘 못 했었을 것 같아요.

지구대 이후 다른 부서에도 근무하셨는데요, 기억에 남는 사건 있 나요.

사이버수사대 전에 게임, 성매매 단속부서에서 일했었는데요. 불법 게임장 단속이었는데 잠복하면서 계단에서 자장면 먹고, 열 몇 시간 뻗쳐 있을 때였어요. 그럴 때 단속 나가면 몸싸움하는 경우도 많거든요. 근데 단속 나간 곳 안에서 몇십 명이 밀고 나오는 거예요. 저희는 무방비 상태에서 인원도 적으니까 밀리는 와중에 막으면서 부딪히다 보니 그때 어깨를 다쳤어요. 근데 지금 보면 추억이기도 해요. 그때 단속하면서 문 뜯을 때 빠루(장도리)질이 재밌었습니다. 스트레스 풀립니다.

근무하시면서 실제로 위협받는 경우가 많은가요.

지구대에 있을 때 종종 있었어요. 삼단봉 들고 출동하고, 방검복, 방검장갑 끼고 현장에 가요. 처음에는 무서웠는데. 실제로 찔리거나 하진 않았어요. 던지는 건 있었어도…. 근데 이게 웃긴 게 삼단봉을 펼 때는 착 펴서 나가거든요. 멋있게. 그런데 삼단봉을 다시 넣을 땐 바닥에 탁탁 쳐가지고 집어넣어야 해요. 수동으로. 출동 나갔다가 돌아오면 다들 지구대 주차장 바닥에 쭈그리고 앉아서 탁탁탁탁.

현장에서 근무하시면서 어려운 점이 있을까요.

실제로 여자 경찰이랑은 아예 얘기도 안 하려고 하시는 분도 있어요. 설득하려 하지만 끝까지 안 하시더라고요. 그럴 때 속상하죠. 특히 현장을 많이 나가는 쪽은 여자 경찰보다 남자 경찰을 선호한다는 생각이 들긴 해요. 언젠가는 노력하면 나아지지 않을까요.

경찰로서 가장 중요한 덕목은 뭐라고 생각하시나요.

공정성이라고 생각해요. 현재 수사부에서 수사업무를

하고 있다 보니 많은 사람, 많은 사건을 접하는데요. 저도 사람이다 보니 이야기를 들을 때 감정에 격하게 공감하는 경우가 생기더라고요. 혹시나 공정성을 해칠까 봐 일할 때 그런 감정을 느끼지 않도록 신경 쓰고 있어요. 중립적인 입장에서 감정에 치우치지 않고 원칙적으로 해결하려고 노력하고 있습니다. 억울한 사람이 단 한 명이라도 있으면 안 되니까요.

하루하루 최선을 다해서 즐겁게 살고 싶어요. 즐겁지 않으면 어떤 목표라도 행복하지 않을 테니까요.

경찰 혹은 인간 서정하의 최종 목표는 무엇일까요.

부모님에게는 자랑스러운 딸, 미래의 가족들에게는 최고의 아내이자 엄마, 동료들에게는 든든한 동료로서 즐겁게 사는 것이 최종 목표예요. 원하는 일은 하고 있으니 좋아하는 일 계속하면서 내 사람들과 하루하루 최선을 다해서 즐겁게 살고 싶어요. 즐겁지 않으면 어떤 목표라도 행복하지 않을 테니까요.

"간만에 스트레스
좀 풀고 싶다.
약간 집어던지고 싶다.
그럴 때
레슬링 하러 가요."

김해영 대구 강북경찰서 여성청소년과 여성청소년수사팀 순경

경찰이 되기 전 다른 일을 하셨는데요.

레슬링, 유도를 오래 했어요. 유도는 초등학교 6학년부터
고등학교 2학년까지. 레슬링은 고등학교 2학년 때 전향한
다음에 5년 정도하고 무도 특채 채용에 합격해서 경찰에
들어오게 됐습니다.

아버님도 운동을 하셨다고요.

어릴 때 씨름 하셨다고 들었는데 아빠는 형편이 안 돼서

운동을 계속하지는 못하셨어요. 제가 언니 둘이 있는데
아빠가 언니들부터 운동을 시키셨어요. 그런데 언니들은
'안 하고 싶다' '못하겠다' 하면서 저까지 왔어요. 그런데
저는 동생이 없어서 '안 하고 싶다'가 안 먹히더라고요. '안
돼' 하셔가지고, 운동을 계속하게 된 거죠.

아버님은 운동선수가 되기를 바라셨나 봐요.

처음에는 제가 도장에서부터 운동을 시작했는데 엄마
아빠가 공부 쪽으로 아예 터치를 안 하셨거든요. 근데
기억나는 게, 초등학교 6학년 때 아빠랑 같이 차 타고 가고
있는데, 아빠가 '유도 해볼래, 복싱을 해볼래' 물어보시는
거예요. 그냥 다짜고짜. 제가 그때 복싱은 뭔지 알고
있었는데 유도가 뭔지를 몰랐어요. 그래서 '유도 재밌을
것 같은데' 해서 도장을 다니게 됐어요. 근데 그 도장
관장님이랑 저의 중학교 감독님이랑 아는 사이이셔서
저를 스카웃하러 도장에 오신 거예요. 그때 말씀하신 게
유도부 언니들 운동 많이 안 하고 맨날 축구 하고 맛있는
거 먹는다, 하셨는데, 다 거짓말이었어요. 저를 데려가기
위해서 다 연기한 거였어요.

운동을 하시다 보면 부상을 피할 수 없었을 것 같은데요.

팔꿈치랑 무릎 부상 당했어요. 무릎은 고등학교 남자

선수랑 훈련하다가 십자 전방 인대가 완파돼서 수술했고요. 그다음 해에 아시아 선수권 시합에서 카자흐스탄 선수랑 시합하다가 아예 팔이 다 빠져버려서 외측 내측 인대가 다 완파됐어요. 아예 그냥 너덜너덜해져서 수술했어요. 그래서 은퇴 생각을 좀 했었거든요.

두 해 연속 다쳐서 재활 시기가 조금 힘들었던 것 같아요. 뒤처지는 느낌이고 재활은 또 재활대로 힘들거든요. 지루한데 꾸준히 해야 되니까. 근데 그걸 두 해 연속해야 되니까 슬럼프도 오고 그만둬야 하나, 생각도 들었어요. 제가 팔 빠졌을 때도 다음 세계 선수권을 또 준비해야 했는데 빠진 순간에는 너무 아프니까, 이제 한국 가자마자 운동 관둬야겠다. 이렇게 생각했었거든요. 근데 마취 약 넣고 팔 끼고 나니까 통증이 없더라고요. 그래서 코치님이 세계 선수권 어떻게 할 거냐고 물어보시는데 '뛰어야죠' 그랬어요, 병원에서는 절대 안 된다고 했어요. 이게 최소 6개월 재활을 해야 한다고. 시간이 3개월밖에 없었어요. 그래도 하겠다고 그랬어요. 그래서 3개월 바짝 혼자 각도 내고 재활하고 참가하는 것에 의의를 두자 해서 나가기는 했는데 결과는 썩 좋진 않았어요.

경찰학교 시절 체포술 시범 조교로 활동하셨다고요.

네. 체포술이라는 수업이 있어요. 이게 거의 대부분

레슬링이나 주짓수 기술을 접목해서 체포하는 방법을
체계화해놓은 거예요. 그러다 보니 거기 계시는 담당
교수님께서 레슬링 무도 특채들을 모아서 다른 사람들을
좀 가르쳐보면 어떻겠냐, 제안하셨어요. 수업 말고 저희가
자기주도 학습 시간이 있어요. 일과 시간에 하는 건데
체포술을 배우고 싶은 사람이 있으면 (자율적으로) 와서
배울 수 있거든요. 그 시간에 조교 일을 제안받아 하게 된
거죠. 재밌기도 하고 저희가 잘할 수 있는 걸 가르쳐줄
수 있으니까 저도 즐겁고 배우시는 분들도 다들 재밌어
하더라고요.

지금은 교관 수업도 듣고 있어요. 수업 듣고 저희 서
사람들한테 기술 가르쳐주면 괜히 좀 뿌듯하고, 제가 잘할
수 있는 일이라 기분 좋아요.

체포할 때 레슬링의 어떤 기술이 활용되나요.

유도든 레슬링이든 상대의 중심을 이용하거든요.
타이밍이랑 중심 싸움인 것 같아요. 그런 걸 체포할 때
활용할 수 있게 바꿨어요. 원리는 똑같거든요.
거칠게 행패 부리는 사람들은 체포하려면 일단 눕혀야
해요. 그래서 태클을 하는데, 일반 태클은 다리만 잡고
넘겨서 무조건 머리를 다치거든요. 그런데 (체포 태클은)
머리를 안 다치게끔 넘길 수 있는 방법, 이런 기술이에요.

현장에서 무조건 2인 1조로 움직이거든요. 한 사람이
머리나 목을 제압하면 다른 사람이 다리를 제압해서
엎드리게 한다든가, 아니면 넘길 때도 머리를 보호하면서
넘겨준다든가. 그런 식이죠. 일반 기술과 조금 달라요.
하지만 누워 있는 자세에서도 체포가 쉽지 않거든요.
어디를 눌러야 상대방을 쉽게 제압할 수 있는지 노하우를
익히죠. 힘으로만 하면 힘들어요. 그런데 같이 하면, 누가
어느 한군데만 눌러줘도 쉽게 제압이 가능하니까 그런 거
가르쳐줘요.

유도든 레슬링이든
상대의 중심을 이용하거든요.
타이밍이랑 중심 싸움인 것 같아요.
그런 걸 체포할 때
활용할 수 있게 바뀠어요.

레슬링이나 유도의 제압 기술을 활용하는 경우도 있나요.

사실 직접적인 기술을 쓰지는 못해요. 저희가 조금이라도
잘못 기술을 썼다가 상대방이 다칠 수도 있고, 물리력을
사용하는 것도 매뉴얼이 다 정해져 있는 거라 잘못된

상황에 사용하면 저도 피해를 입을 수 있거든요. 그래서 신중하게 사용해야 하고, 혹시 정말 위험한 상황이 오거나 물리적인 제압을 해야 하는 순간이 온다면 사람을 안전하게 제압할 수 있는 기술은 쓰게 될 것 같아요.

평소에 체력 단련은 어떻게 하시나요.

요새 크로스핏 하고 있어요. 등산도 하고요. 운동할 때 알았던 분이 고등학교 레슬링 코치하고 계시는데 거기 가서 가끔씩 레슬링도 하고요. 관두고 아예 안 하게 되니까 가끔씩 '레슬링 하고 싶다' 하는 생각이 들어요. 그럼 거기 가서 학생들이랑 스파링도 해요.

레슬링이 가끔 하고 싶다는 느낌은 어떤 느낌이에요.

그냥 스파링 하면서 운동하는 거. 격한 운동은 또 다르잖아요. 크로스핏 같은 거는 그냥 말 그대로 기구를 들고 하면서 숨차는 거고, 누구랑 부대끼면서 막 숨차는 거는 또 다르죠. 지금까지 느껴왔던 그런 느낌도 있고. 간만에 한 번 스트레스 좀 풀고 싶다. 약간 집어던지고 싶다. 그럴 때 레슬링 하러 가요.

경찰로 일하면서 가장 기억에 남는 사건이나 현장이 있을까요.

시각장애가 있는 분이셨어요. 현실을 비관해서 자살을

결심하고 전날 어디서 죽을지 보려고 동네 주변을 돌아보셨나 봐요. 그러다가 한군데를 정해서 여기서 죽어야겠다 생각하고, 그 주변에 있던 전봇대 번호를 동생에게 남긴 유서에 적어놓으셨어요. 적어놓은 이유는, 나 죽고 나면 고생하지 말고 경찰들이든 누구든 빨리 찾아라, 이런 뜻이었어요. 다행히 그 유서를 일찍 발견한 동생 분이 신고를 한 거죠.

저희가 숫자만 보고, 전봇대 번호라는 걸 유추했어요. 전봇대 위치 파악하려고 한국 전력 공사에 전화해서 번호를 말씀 드렸더니, 그런 번호가 없다는 거예요. 그래서 일단은 주변을 돌아보자 싶어서 주임님이랑 순찰차를 타고 나가서 수색했어요. 근데 그 분이 시각장애가 있으니까 D랑 0이 헷갈릴 수 있지 않겠나 생각이 들었어요. 그래서 숫자를 영어로 바꿔서 다시 전봇대를 찾았는데, 그 번호가 적힌 전봇대 주변에 그분이 술 취해 앉아계신 걸 발견한 거예요. 옆 난간에 끈을 묶어서 준비를 해두셨더라고요.

그걸 발견했을 때는 정말 한순간에 아찔하고, 안심하는 기분을 동시에 느꼈어요. 그래서 그분에게 제가 해드릴 수 있는 최선의 위로를 해드렸어요. 그분이 막 우시면서 고맙다고 하시는데 그 순간 경찰 되길 잘했다는 생각을 했던 것 같아요. 평생 기억에 남는 순간일 것 같아요.

그분이 막 우시면서
고맙다고 하시는데
그 순간 경찰 되길 잘했다는
생각을 했던 것 같아요.

경찰로 일하시면서 꼭 이루고 싶은 목표가 있다면요.

제가 수사를 한 지 이제 1년 정도 되는데, 아직도 배워야 할
것들이 정말 많다고 느끼고 있어요. 일을 하면 예상치 못한
돌발 상황들도 많이 생기는데, 그럴 때마다 지혜롭게 헤쳐
나갈 수 있도록 지치지 않고 배우면서 일하고 싶어요.
그리고 일하면서 '경찰관은 교도소 담벼락 위에 서 있는
사람이다' 라는 말이 공감되던 순간들이 많이 있어요, 경찰
생활을 하는 동안 저와 동료들이 다치지 않고, 억울한
피해자나 피의자가 생기지 않도록 하는 수사관이 되는 것이
저의 가장 이루고 싶은 목표예요.

2장

경호

"다시 태어나도
할 겁니다,
경호원"

황수현 서울 중앙지법 법원 보안 관리대 형사팀

'법원 보안 관리대'라는 곳이 생소한데요.

재판하는 과정에서 법원에 대한 존엄성과 질서를 유지하는
업무를 합니다. 법관의 신변 보호와 소란행위를 예방하고,
돌발 상황에 대처하여 안전하게 재판이 진행될 수 있도록
하고, 그 외에도 의전, 주요사건 지원, 테러방지, 증인보험,
출입통제나 응급환자 발생 아니면 소방 안전이나
출입통제처럼 보안상 문제가 되는 부분까지 법원 안의 모든
사건·사고에 대하여 저희가 다 관여하고 있습니다.

법정에서 난동 부리는 사람을 제지하고 퇴장시키는 역할이라고 생각하면 될까요.

네. 법정에서 소란이나 난동을 일으키거나 위협을 가하는 경우 이를 제지합니다. 예를 들면 재판 중 바닥에 드러눕거나 갑자기 발차기로 공격하려는 분들을 제지하고 강제로 끌어내는 법정 퇴정 조치 업무도 하고 있고요. 청사 쪽 일을 할 때는 불이 났을 때 저희가 즉각적으로 화재 진압도 하고요.

화재 진압 교육을 따로 받으시는 건가요.

주기적으로 법원에서 응급처치와 소방 관련 교육을 받습니다. 채용 시 응급구조, 소방안전 관련 자격증을 보유하면 우대사항이 있는데요. 아무래도 법정 최일선에서 위험 대처 업무를 수행해야 하기 때문입니다. 기본 대응은 즉각적으로 가능합니다.

법원 보안 관리대에서 일하신 지는 얼마나 되셨나요.

13년 차입니다.

경호원을 법원 보안 관리대에서 시작하신 건가요.

사설 경호원을 하다가 경력직으로 법원에 입사했습니다. 사설 경호도 7년 가까이 했습니다.

경호원을 꿈꾸게 된 이유가 있나요.

제가 어렸을 때 잔병치레도 많았고 몸이 약했습니다.
달리기도 진짜 항상 꼴등했습니다. 엄마가 초등학교
운동회 때 저에게 '같은 발, 같은 손'으로 뛴다고 얘기할
정도였습니다. 그래서 엄마가 태권도를 보내주셨는데
연습을 하다 보니까 어느 순간 1등을 하고 있더라고요.
그 성취감이 너무 좋은 겁니다. 그래서 계속 운동을 하게
됐고, 운동을 하다 보니 다른 사람을 보호하고 지켜준다는
경호원의 업무가 너무 매력적으로 느껴져서 초등학교
5학년 때부터 꿈을 키우게 되었습니다.

경호원이 되고 싶다고 하니 부모님은 뭐라고 하시던가요.

반대가 좀 심했습니다. 제가 고향이 부산인데 경호원
하겠다고, 서울에 올라가겠다고 하니까 부모님은 서울에
대한 막연한 불안감이 있으셨던 것 같습니다. 서울
사람들은 눈 뜨고 코 베어 간다고, 서울이 얼마나 무서운
곳인데 가려고 하냐 경호원 쉽지 않고 좋은 직업이
아니니깐 하지 말라고 했습니다. 지인들도 경호원을 본
적도 없다고 하고 오래 못할 거라고 (하고요.)
그래도 꿈을 이루고 싶어서 부모님 몰래 서울에 있는
경호업체에 지원했고 합격했는데 경호원이 되는 과정이
방송에 나오게 된 겁니다. 그때 당시 부산에서는 TV에 나온

게 정말 대단한 거라 생각했거든요. 어른들도 좋아하시고.
그제야 부모님도 허락하셔서, 서울로 가게 됐습니다.

부모님 말씀처럼 서울은 눈 뜨고 코 베어 가는 곳이던가요.

'경호원에 채용됐으니 이제 꿈을 펼칠 수 있겠구나'
생각했는데 막상 올라왔더니 일이 많이 없었습니다.
'가서 내가 돈 벌게' 하고 왔는데 일이 없는 겁니다.
겉으로는 화려한데, 방송에도 나왔는데, 친구들도 막
부러워하는데 아무것도 없고 돈도 없고 차비도 없고.

장녀여서 부모님한테 달라고도 못하겠고. 차비가 없어서
모르는 사람한테 돈을 빌린 적도 있습니다. 버스 기다리는
사람한테. 좋은 분을 만나서 그런지 차비를 빌려주셨어요.
제가 가지고 있는 거 다 꺼내가지고, 경호 행사장에서 받은
화장품 샘플 전부 감사하다고 드렸습니다. 그때는 진짜
한 달 넘게 울었던 것 같습니다. 막상 타지에 와서 어떻게
해야 할 지도 모르겠고, 의지할 곳도 없으니까요. 경호 일은
없고.

기다리기만 하면 안 될 것 같아서 동네 태권도장에
갔습니다. 무작정 찾아갔습니다. '저 사범으로 써달라'고
요청했어요. 태권도 사범 시켜주시면 정말 잘할 자신
있다고 했는데, 관장님이 '저희 사범 있는데요?' 하고 그냥
나가시는 겁니다. 오전에 찾아갔는데 관장님 나가시고 그
앞에 저녁까지 있었습니다. 아니면 부산 내려가야 되니까.
저녁 8시가 넘었나? 그때 관장님이 오시더니 '아니, 왜
아직도 안 갔냐'고 그러시면서 이런 사람 처음 본다고
하셨어요. 그래서 써주실 때까지 이렇게 있겠다고 했어요.
그랬더니 '태권도 뭐 했어?' 하시길래 태권도 선수 생활
했고, 가르치는 일도 정말 잘할 자신 있다. 얘기했더니
'이력서 써가지고 내일부터 출근해요' 이러는 겁니다. 정말
은인이라고 생각해요. 이사를 가서서 요즘 못 뵙는데 진짜
감사하다고 생각합니다.

그렇게 얼마 동안 일하신 건가요.

태권도 사범 하면 밥은 먹고 살 수 있으니까 그걸로
생계를 유지하면서 경호 일 있으면 가고, 그렇게 7년 동안
버텼습니다.

그냥 한 번밖에 없는 인생인데
경호원 해야겠다.
안 되겠다.

그렇게까지 경호 일이 하고 싶었나요.

현실이 조금 힘들기는 했지만 놓지를 못하겠는 겁니다.
미래가 막막하고 불안한데, 나이 듦에 대한 한계가 딱
보이는데 이걸 못 놓겠는 겁니다. 진짜 다 접고 시골 할머니
댁 내려간 적 있었습니다. 진짜 나 자신하고 싸움을 많이
했는데 안 되는 겁니다. 결국 정답은 경호원이었습니다.
그냥 한 번밖에 없는 인생인데 경호원 해야겠다, 안 되겠다.
그래서 다시 복귀해서 올라왔는데 그때 딱 법원 보안
관리대라는 기회가 왔습니다.

법원 보안 관리대는 어떻게 들어가게 되셨나요.

제가 법보대(법원 보안 관리대) 3기인데 지인 중에 1기
선배님이 있었습니다. 그분이 법원에 공무원 채용이 있어서
모집하는데 한번 해볼 생각이 없냐고 하셨습니다.

바로 지원하셨나요.

무조건 될 것 같은 자신이 있었습니다. 법원 들어가면 진짜
잘할 수 있는데, 험한 데에서 다 굴러봤는데, 이런 거?
하면서 자신감 가득 차서 지원했는데 다들 너무 출중한
겁니다. 국가대표 선수 있고 특전사 있고 다들 장난 아닌
겁니다. 그래서 한 번 만에 된 게 진짜 감사한 일이구나
생각했습니다. 그래서 더 감사하게, 소중하게 생각하고
있습니다.

대단한 지원자들 사이에서 본인이 뽑힌 이유가 뭐라고 생각하나요.

사명감? 저는 어떤 업무가 주어지더라도 끝까지 책임감
있게 꼭 해내야겠다. 그리고 내가 최고다. 스스로를 믿고
어떤 사람도 이길 수 있다는 마음가짐에 있어서는 남들보다
제가 좀 더 특출하다고 생각합니다. 끝까지 최선을 다
해내는 게 저의 강점입니다.

경호원의 가장 중요한 덕목이 사명감일까요.

네 맞습니다. 내가 맡은 업무고 내가 해야 할 책임이고
그게 경호원의 정신이라고 생각합니다. 그냥 무슨 상황이
닥치더라도 내가 위험할지언정 대상자를 구하는 거. 그게
중요하지 않을까 싶습니다. 나를 희생하는 거는 기본적으로
생각해야 적극적인 상황대처가 되는 것 같습니다. 내
생명이 좀 위험하더라도. 그게 두려우면 못할 것 같습니다
이 일은.

지금 20년째 경호원을 하고 계신데 현재의 삶에 만족하시나요.

만족합니다. 하고 싶은 일을 직업으로 하는 게 쉽지 않은데
저는 꿈을 이룬 거니까 일에 대한 자부심도 들고 사명감도
있고 좋습니다. 지금도 순간순간 가슴이 두근거릴 때가
있습니다. 너무 좋아서. 어떻게 보면 남을 지켜주는 일은
누구나 할 수 없지 않습니까. 제 한계를 뛰어넘고 업무를
해냈을 때 느껴지는 성취감, 보람, 만족감은 확실히 좋은 것
같습니다.

어떻게 보면
남을 지켜주는 일은
누구나 할 수 없지 않습니까.

다시 태어나도 경호원 하실 건가요.

네. 할 겁니다, 경호원.

실패의 두려움 대신
'할 수 있다'는 용기를 가진
모든 분들의 열정을
응원합니다.

마지막으로 하고 싶은 말이 있다면?

사실 처음에 넷플릭스가 뭔지도 모르고 〈사이렌〉에
참여하게 되었습니다. 〈사이렌〉 프로그램에 참여한 모든
분들의 직업이, 희생 없이 할 수 없는 일이라는 생각이
들었습니다. 〈사이렌〉 안에서 이렇게 멋지고, 좋은
인연들이 닿을 수 있어 행복했습니다. 그리고 무엇보다
저를 알아봐주시고 좋은 기회를 주신 제작진의 노고에
감사드려요. 법원에서도 애정으로 지지해주셔서 잘 마칠 수
있었던 것 같습니다.

하고 싶은 일을 하면서, 꾸준히 노력하고 열심히 살다
보면 좋은 일들이 펼쳐질 거라는 믿음이 있거든요. 나는

내 생각보다 가능성이 있고 한계를 뛰어넘는 힘도 있다고
생각해요. 실패의 두려움 대신 '할 수 있다'는 용기를 가진
모든 분들의 열정을 응원합니다.

저도 앞으로도 끊임없이 새로운 도전을 할 것이고,
맡은 본업에 충실하며 국민에게 도움이 되는 경호원이
되겠습니다.

"내가 마무리하겠다,
내가 지켜내겠다는
책임감"

이은진 서울 중앙지법 법원 보안 관리대 민사팀

일한 지 얼마나 되셨나요.

2010년부터 근무해서 12년 정도 됐습니다. 대학교 2학년

때 여기 들어왔습니다.

일찍 입사하셨네요.

제가 용인대에 합격해서 대구에서 서울로 혼자 올라

왔거든요.

용인대는 태권도로 유명하잖아요.

네. 그런데 제가 태권도학과는 아니고요. 용인대학교
체육학부로 처음에 들어갔어요. 체대 입시 실기 준비를
해서 입학했다가 대학교 1학년 때 경찰행정학과를 복수
전공해서 2학년 때 경찰행정학과로 전과했습니다.

그런데 왜 경찰이 아닌 경호원이 되셨나요.

제가 경찰행정학과로 처음 들어와서 공부를 한창 할 때
취업을 해야 했어요. 한 주 차이로 법원 시험이 먼저 있었고
그다음 주가 경찰 필기 보는 날이었는데 제가 사실 면접
하루 전까지 고민을 엄청 했습니다. 어릴 때부터 경찰
아니면 경호원이 꿈이었거든요. 그래서 경호도 한번 해보고
싶다 해서 지원했는데 바로 붙어가지고 그때부터 일하게
됐습니다.

법원 보안 관리대는 경력직만 뽑는다고 들었는데요.

꼭 그런 건 아니지만 합격한 분들 중 많은 분들이 보안
관련된 업무 경력이 있어요. 저는 대학 때 태권도 사범 일을
했었는데, 그 일을 경력으로 지원했습니다.

그럼 졸업은 못하신 건가요.

저는 일하면서 졸업했습니다. 법원 면접 때 면접관님이

얘기하시더라고요. '이거 하면서 대학 졸업할 수 있겠냐?'
저는 졸업을 하고 싶다 하면서 그렇게 들어왔는데 제 첫
발령지가 부산이었습니다. 대학은 용인대. 아, 갈 길이
먼데. 그래서 당장 부산에서는 못 다니니까 잠깐 휴학계를
내고 있었어요. 그때 법원 간 지역이동이 불가능해서
사직서 내고 다시 시험 볼 생각으로 2011년 채용시험에
다시 원서를 낸 적이 있었는데 서류에 합격하게 되었고
법원 지역 간 이동이 가능한 첫 사례가 되어서 운 좋게
서울로 다시 발령이 났어요.
그때 서울에서 근무하면서 대학 졸업하고 싶다는 사정을
설명하니까 총무과장님께서 허락해주셔가지고 일하면서
짬짬이 공부해서 학교 졸업했습니다. 그때가 거의 서른
초반쯤 됐습니다.

만학도셨네요.

네. (웃음) 그래도 졸업해서 다행히.

황수현님이랑 같은 팀에 계신가요.

지금은 다른 팀입니다. 발령 일자가 같았는데 제가 중앙
형사로 올 때 수현 언니는 민사로 갔기 때문에 제가 2년
먼저 형사를 하는 동안 언니는 민사를 했어요. 이후 바뀌는
시점에서 언니는 형사로 가고 저는 민사로 오게 된 겁니다.

부서는 자원해서 갈 수 있는 건가요.

그건 아니에요. 공평하게 업무 분담을 해야 하기 때문에
민사 보안팀과 형사 보안팀을 번갈아 근무해요. 대체적으로
외부 법원에서 오는 사람은 형사부터 먼저 밟고 2년을
채우면 이제 민사로 보내는 경우가 많습니다.

민사팀에서는 어떤 일을 하나요.

형사는 보통 검사님이 '이러이러한 죄니까 이렇게
처벌해주십시오' 하면 피고인 측 변호사님이 변론을 하고
판사님이 판결을 내는 방식이고, 민사는 판사님 판결
외에도 당사자 사이의 화해나 합의로 해결될 수 있는
재판입니다.

민사가 느낌이 조금 더 진흙탕 싸움이 많을 것 같은데요.

끝판왕이 소액 재판인데요. 지금 거기서 근무하고 있어요.

소액이 왜 끝판왕인가요.

소액 재판은 3천만 원 이하인데, 돈 때문이라기보다
감정싸움이 많거든요. 서로 알던 사람이 같이 금액 문제로
많이 오시니까 판사님 판결보다는 그분들 화해를 권유하는
경우도 많아요. 그래서 '밖에서 대화 좀 더 하시고 오세요'
이런 게 많아요. 거의 판사님이 막 래퍼처럼 말씀하셔야

될 정도로 사건이 정말 많아요. 할머니, 할아버지도 많이 오시잖아요. 그럼 '방금 판사님이 말한 게 뭐지?' '여기서 이게 무슨 말이었지?' '이거 뭐 어떻게 해야 돼?' 이런 식으로 판사님 말씀을 이해하기 어려워하거나 상담하고 싶어 하는 경우가 많아요. 하루에 대략 200건씩 이런 질문마다 답변을 하다 보면 정신이 없는데 판사님은 법대 위에 계시잖아요. 근데 그 밑에는 제가 움직일 수 있으니까. 그때 제가 옆에서 '이 정도면 괜찮아요' 그래도 납득을 못하시면 '어디어디 가셔서 이런 절차를 밟으셔야 한다' 안내도 해드리면서 보안업무를 합니다.

그런 안내는 변호사 분들이 해주시지 않나요.

변호사 분들이 많이 없으시죠. 소액은 거의 가족 분들이나 친구 분들이랑 오시는 정도입니다. 나 홀로 소송하시는 분들이 많죠.

그럼 법정 지식도 많이 알아야 할 텐데 따로 공부하시는 건가요.

법정 지식을 많이 숙지하고 있어야 해요. 오시는 분들은 판사님한테 물어볼 수가 없어요. 사건이 너무 많으니까 생각보다 말할 시간이 없어요. 근데 유일한 사람이 저예요. 그러니까 제가 충분히 말씀 드려야 그거를 다음 재판 때까지 준비해서 오시는 거예요. 제주도에서도 오시고

부산에서도 오시는데 그런 걸, 그냥 가볍게 생각해서
보내면 이 분은 어디 가서 말도 못하고 제대로 준비를
못해오잖아요. 그러니까 최대한 오늘 하신 거 물어보시면
'오늘 하신 거는 이러이러한 거였고 다음에는 이렇게
하세요'라고 한다든지 조금 더 가족처럼 하려고 합니다.
이 분한테는 헛수고가 되면 안 되니까요. 우리 어머니뻘도
있고 할머니뻘도 있고, 몸 불편한 분도 있기 때문에 좀 더
알려드리려고 노력합니다.

법을 공부한다는 게 쉽지는 않을 텐데요.

제가 그걸 알아야지 이 일이라는 게 지루하지 않더라고요.
형사도 그렇고 민사도 그렇고 이 재판은 어떤 부분에서
어느 분류에 있는 거다. 어느 중간에 있는 거다. 절차나
과정을 알고 있어야 제가 안내도 할 수 있고요. 모르면
물어보고 하면서 많이 배웠던 것 같아요.

형사부에서도 일하신 적 있다고 하셨는데요.

네 있습니다. 법정 보안팀 위주로 일했고, 8년 이상
형사재판 경험이 있습니다.

**형사는 민사와 다르게 살인, 폭행 등의 사건을 다루니까 무섭다는
생각도 들 것 같아요.**

이상하게 법정 안에서 무섭다는 생각을 해본 적은 없어요.
처음 들어오기 전부터 사건 정보를 파악하고 있고,
처음부터 끝까지 지켜보고 긴장을 늦추지 않고 있거든요.

실제로 법정에서 제압해본 적이 있으신가요.

선고를 내렸을 때 징역 몇 년 결과가 나오면 순간적으로
도망을 많이 가려고 해요. 법정 문으로 들어온 출구로
나가려고 하는데 그런 순간에 제지한 적이 많습니다. 이
외에는 거의 90프로 이상 응급환자가 많습니다. 결과에
놀라서 쓰러지거나 심정지 상황이 되면 응급조치를 많이
합니다.

형사 보안팀 마지막에는 성 전담 재판부를 지원해서
했었는데요. 그 전에 안 해본 분야를 경험해 보고 싶어서
1년을 맡았는데 피고인에 대해서 제가 함부로 판단하면
안 된다는 생각이 들었어요. 방청석에는 양측 다 계세요.
피해자의 부모님도 계시고 피고인의 부모님도 계세요.
근데 제가 앞에서 양쪽 가족이나 지인들이 보고 있는데
감정을 담아서 막 밀거나 '똑바로 안 해' 이런 식으로
하면 안 되잖아요. 최대한 성함도 누구누구 씨 이렇게
불러줍니다. 아직 죄가 확정이 안 됐기 때문에 최대한
감정을 배제하려고 노력합니다.

일하시는 12년 동안 많은 희로애락을 겪으신 것 같은데 안 그만두고 계속 경호를 하신 거 보면 일이 잘 맞나 보네요.

사람이 살다 보면 하고 싶은 게 있고 잘하는 게 있잖아요. 근데 이게 하다 보니 제가 잘하게 되더라고요. 늘 다 안다고 생각하지 않고 새로운 것을 배운다는 생각으로 임하고 있는 것 같습니다.

살다 보면 하고 싶은 게 있고 잘하는 게 있잖아요. 근데 이게 하다 보니 제가 잘하게 되더라고요.

경호원이 갖춰야 하는 덕목은 무엇일까요.

희생정신. 나를 생각하는 게 아니라 상대방을 생각해서 보호해야 한다는 희생정신이 첫 번째이고요. 다음이 책임감. 힘들어도 도망가지 않고, 내가 마무리하겠다. 내가 지켜내겠다는 책임감이 중요한 것 같습니다.

나를 생각하는 게 아니라
상대방을 생각해서
보호해야 한다는
희생정신이 첫 번째이고요.

마지막으로 하고 싶은 말이 있다면요.

법원 직원들은 쉽게 알 수 있겠지만 보통 민원인 분들은
살면서 한 번 법원을 올까 말까 해서 잘 모르시는 게
당연하다고 생각해요. 그런 분들에게 조금이나마 도움이 될
수 있도록 몇 가지 말씀 드리고 싶습니다.

재판 시작하기 전에 하고 싶은 말과 증거는 미리 서면으로
제출하시고 재판 시간에 법정 안에 계셔야 해요. 늦으시면
안 됩니다. 주변에 법을 잘 아는 사람보다 무료로라도
법률전문가에게 상담 받으시고 오세요. 재판 받으시면서
쓰러질 것 같거나 힘드시면 직원에게 말씀해주시고요.
그리고 법원 안에서는 도망치지 마세요. 다 잡힙니다.
마지막으로 재판 선고가 끝났다고 욕하시거나 한마디
하시면 집에 못 가실 수도 있으니 침착하세요.

"민원인들이 '이래서 경호 하겠어?' 하고 놀리거든요. 그럴 때마다 팔이랑 등 근육 보여드립니다."

이지현 대구 고등법원 보안 관리대 청사 보안팀

경호원이 되신 계기가 있을까요.

중 1때부터 대학생 1학년까지 사격을 6년 넘게 했어요.
대학교도 사격 경력으로 경호학과 스카웃으로 입학한
케이스예요. 사실 그 전에는 경호라는 직업이 있는지도
몰랐습니다. 학창 시절에 우연히 콘서트에 갔는데, 정장을
쫙 빼입고 멋있게 서 있는 사람들이 계셨어요. 그분들이
관객들 중에 깔릴 뻔한 사람을 보호하는 걸 봤는데 너무
멋있더라고요.

그 이후에 관심을 가지게 됐는데, 그때 마침 경호학과 교수님이 제안해주셔서 입학하고, 동시에 경호 업무를 경험하게 됐어요. 물론 누구를 보호한다는 게 쉬운 일은 아니지만 제 성격과 잘 맞을 것 같기도 하고, 정장 입는 모습이 멋있어 보이기도 해서 시작하게 된 것 같아요.

법원 보안 관리대는 경력직으로 들어가신 건가요.

네, 맞습니다. 법원이 1차가 서류, 2차가 면접인데 경력이나 단증을 많이 보거든요. 기본 단증에서 4단까지 따는 데만 10년 가까이 걸립니다. 그리고 요즘 법원에 응급환자가 많아져서 응급에 관련된 자격증도 꼭 필요해요. 근데 제일 중요한 건 경력. 경력직이 아니면 들어가기가 쉽지는 않습니다.

법정에 어떤 마음을 가지고 들어가나요.

항상 이제 '아무 일 없이 지나가자' 그 마음가짐으로 재판에 들어가요. 재판 시작하면 사람들 손가락 하나, 미소 하나 이런 것도 다 봐야 되거든요. 어떤 행동을 하려고 할 때 표정이 있어요. 녹음하려고 하면 제 눈치를 본다던지, 몰래 뭔가 꺼내려고 할 때 허공을 본다던지 미소를 짓는다던지 다음 행동이 있기 때문에 민원인의 표정이나 행동을 잘 보고 집중해야 돼요.

재판 중에 민원인들에게 친절하게 웃으면서 대하지 못하는 경우가 많은데, 저보다 건장한 남자들과도 대적해야 할 상황이 찾아올 수도 있기 때문에 항상 긴장하고, 머릿속에 '집중하자, 놓치지 말자' 생각합니다.

법정에서 일어나는 사고라면 어떤 것들이 있나요.

피고인이나 피해자 분들이 갑자기 법정으로 달려들거나 법정 밖으로 도망치는 일들도 있고 고성을 지를 때나, 분노로 이물질을 던질 때도 있습니다. 그중 제일 흔한 상황은 (실신 같은) 응급상황입니다. 민원인이 쓰러질 때 한순간에 넘어지거든요. 긴장이 풀리거나 격분해서 갑자기 기절해요. 그럴 때는 달려가서 응급처치를 하는데, 바로 무전 치고 응급처치 3분, 앰뷸런스까지 4분 안에 보내드려야 하니까 정말 긴장됩니다. 그런 응급상황이 안 오기를 기원하지만, 항상 준비하고, '사고 안 나게 미리 사전에 방어하자' 생각하며 임합니다.

일할 때 가장 힘든 순간은 언제인가요.

뒤에서 재판 진행을 다 보고 있거든요. 저도 사람이니까 눈물 날 것 같은 순간이 있어요. 근데 재판을 진행해야 하는데 정말 억울하게 당한 피해자 가족 분들이나 지인 분들이 오셔서 법정 내에서 소리 지르고 울고 하면 엄하게

제재해야 해요. '이렇게 자꾸 재판진행을 방해하시면
재판이 지연되니까 그만 하세요, 나가셔야 돼요.' 하고
강제로 퇴정시키는 거예요. 저의 (실제) 마음이랑 다르게
행동해야 할 때가 좀 힘든 것 같습니다.

재판이 끝나고 나면 제재 받으셨던 분들이 '네가 뭔데?'
이러면서 막 항의하세요. 그러면 '저도 가슴 아프다. 그런데
제대로 처벌하려면 재판 진행이 제대로 돼야 하는데 중간에
자꾸 이렇게 막으시면 흐름이 끊긴다. 그러면 누가 안
좋겠냐.' 이렇게 말씀 드리는데 그 순간 마음이 좀 아파요.
특히 피해자 가족들이 살인으로 한순간에 피해자를 잃고
법정 찾아오실 때가 제일 가슴 아파요. 이 사람들은 형량
필요 없어요. 죽은 사람만 다시 돌아왔으면 좋겠다는
마음으로 소리 지르고 화풀이하는 거니까. 그 마음을
알고는 있지만 앞서 말했듯이 저는 재판 진행을 위해
제재를 해야 하는 직업이다 보니 그런 순간이 제일 힘든 것
같아요.

스트레스를 많이 받으실 것 같은데요.

전혀요. 일은 일이고 사는 사라고 생각하는데, 10년 동안
근무하다 보니 무뎌진 것도 있는 것 같아요.

잘 털어내는 편이신가요.

네. 그 순간에는 힘들어하고 퇴근할 때는 '운동가서
털어내야지' 이 생각만 합니다.

운동을 왜 그렇게 열심히 하세요.

제가 운동하는 99.9%가 술 맛있게 먹기 위해서. 그리고
겉모습이 마르고 연약해 보이는 이미지를 벗어내자는 마음
때문이에요. 응급상황이나 민원인을 급하게 들어 옮겨야
하는 순간이 매번 찾아와요. 그럴 때 제가 무게와 상관없이
들어, 여자 직원이 연약하다는 이미지를 조금이나마
벗어내고 싶어서 운동을 꾸준히 합니다.

웃긴 에피소드로 민원인들이 '아가씨 말랐네요' 이러면서
'이래서 경호 하겠어?' 하고 놀리거든요. 그럴 때마다
팔이랑 등 근육 보여드립니다. 제가 입는 제복이 딱 붙는
재질이거든요. 그러면 다들 '크으 멋있네' 이러면서 협조를
잘 해주시는 경우도 종종 있습니다.

겉모습이
마르고 연약해 보이는
이미지를 벗어내자는
마음 때문이에요.

왠지 무서운 후배일 것 같아요.

어? 맞습니다. 선배님들이 좀 어려워합니다. 아닌 건
아니라고 직설적으로 앞에서 얘기하는 편입니다.

'차라리 내가 욕먹더라도
개선해야지'라는 마인드라.
욕먹는 걸 별로 안 무서워해요.

선배와 의견이 안 맞으면 어떻게 해결하나요.

한 3번 정도는 져드려요. 왜냐하면 그 선배 성향을 정확히
알아야 하니까. 그런데 3번 했는데 말이 '안 통하네' 그러면
'선배 진지하게 대화를 해봅시다' 하면서 '왜 그렇게
얘기하시는지 모르겠다'고 직구로 날립니다. 직구로.
그러면 '내가 말이야' 하면서 좋게 풀어가는 선배가 계신가
하면, 대화가 아예 안 되는 선배가 있는데 그러면 '선배
대접 받고 싶으시면 선배님 행동 잘 하셔야 합니다' 이렇게
대놓고 말하는 스타일이에요. 그렇게 안 하면 그 선배의
잘못됨을 알면서도 계속 끌려가야 돼요. 다들 제가 욕먹는
스타일이래요. 일부 친한 선배들은 '네가 괜히 나설 필요
없어. 네가 괜히 욕먹어봐야 뭐 하겠노' 그러시는데 나라도

말을 안 하면 '누군가가 대신 해주겠지' 하고 마냥 기다려야 합니까? '차라리 내가 욕먹더라도 개선해야지'라는 마인드라. 욕먹는 걸 별로 안 무서워해요.

직설적인 성격이신가요.

네, 맞습니다. 아는데 모르는 척 못하고, 강자가 약자 괴롭히는 꼴도 못 보고. 좀 피곤한 스타일이에요. 그냥 무난하게 지내면 되는데 그게 잘 안 됩니다.

아는데 모르는 척 못하고, 강자가 약자 괴롭히는 꼴도 못 보고. 좀 피곤한 스타일이에요.

경호원으로서 최종 목표가 있으신가요.

대구 보안 관리대 여성 사무관이 되는 게 목표입니다.

사무관은 어떤 업무를 하는 건가요.

총괄입니다. 법원 보안 관리대에서 최고로 높은 직위입니다. 아직까지 전국에 여성 사무관이 한 명도 없지만, 목표로 정해볼 수 있는 거니까요.

사무관 되고 싶은 이유가 있나요.

최종 자리에 가야 의견이 반영되고 개선될 수 있는 게
많거든요. 저는 좀 욕을 먹더라도 밑에 후배들 의견 많이
들어주는 사람이 되고 싶은데 아직까지는 조금 부족한 것
같아요. 그런 일들을 하려면 누구 눈치 안 보고, 욕먹어도
상관없는 사무관이 되는 게 낫지 않나 라고 생각이 들어요.

3장

군인

"할 땐 제대로
하는 게
군인 정신이라고
생각합니다."

김봄은 특전사 707특수임무단 근무 후 전역

전역한 지 얼마나 되셨나요.

2014년 11월에 전역했으니 9년 됐습니다.

근무 기간은 얼마나 되셨을까요.

2009년 7월 입대해서 5년 6개월 근무하고 전역했습니다.

결혼을 하셨다고 들었는데요.

남편도 특전사입니다. 저랑 같이 고공팀이었거든요. 나이는

동갑인데 제가 세 기수 선배였어요. 나중에 그 친구가
들어온 거죠. 그렇게 해서 꼬셨죠. 마음에 들어서.

결혼하시면서 전역하신 건가요.

아니요. 결혼 전에 전역했어요. 제가 14년도에 전역하고
결혼을 16년도에 했으니까.

전역을 하게 된 이유가 있으신가요.

707특수임무단에서 고공팀 소속이었는데요, 좀 더
전문적으로 배우고 싶어서 전역하게 되었고, 다이버를
양성하는 스카이다이빙 교관자격증을 따기 위해 미국에
다녀왔어요.

특전사 근무 당시 주특기°는 무엇이었나요.

화기 주특기였고 임무는 고공전담반이었습니다.

화기 주특기는 어떤 건가요.

총을 다루는 주특기거든요. 특전사에서 쓰는 총을 다루는
주특기였어요.

●   **기본 군사 훈련을 마친 군인이 전문 교육을 추가로 받고 부여받는 개인별 특화 분야.**

사격을 잘하셨나 봐요.

저희가 임관하고 진정한 백호인이 되기 위해 자대교육을
받아요. 그 교육을 6주 동안 받게 되는데 남군 여군
통틀어서 사격은 제가 1등을 했더라고요,

고공전담반은 어떤 일을 하나요.

전시에 적에 침투해서 정보들을 알아내고, 전달하는 임무와
심리전 담당을 함께 수행합니다.

고공낙하는 몇 번 정도 하셨나요.

저는 997회 했습니다. 1000번이 머지않았습니다.

**고공강하팀은 몇 회 낙하했다는 횟수를 훈장처럼 여기는 것 같던
데요.**

맞습니다. 제가 군에서 280회 정도 했었고 밖에서 계속해서
지금 997회거든요. 군에서는 1000회 채우면 골드윙을 달
수 있습니다. 안전하게 1000회 잘했다는 의미로 다는 거죠.

한 번 뛰어내리는 것도 무서울 것 같은데 천 번이라니요.

진짜 세상에서 제일 재밌는 스포츠인데 꼭 해보셨으면
좋겠어요.

어떤 부분이 매력인가요.

제일 큰 매력은 '자유로움.' 그리고 또 제가 몸 쓰는
걸 좋아하거든요. 스카이다이빙 여러 종목 중에
프리스타일이라는 종목이 있는데 하늘이라는 큰
도화지 위에 발레리나처럼 다리도 찢고 몸으로 많은
것들을 자유롭게 표현할 수 있다는 게 멋있어요. 희열도
느껴지고요. 딱 그거에만 집중할 수 있으니까 정말 좋아요.

스카이다이빙 종목과 과정을 조금 더 자세히 얘기해주실 수 있나요.

쉽게 말씀 드리면 육상에서 100, 200, 400, 800, 1000미터,
허들 등등 여러 가지 종목이 있듯이 스카이다이빙에도 여러
가지 종목이 있는데요. 저는 이제 민간인 신분이니 민간인
기준으로 말씀 드릴게요. 크게 나누면 벨리, 다이내믹,
프리스타일이 있어요. 여기서 모든 플라잉 기술의 기본과
시작은 벨리구요. 더 궁금하시다면 저를 한번 찾아오세요.
(웃음)

**지금 강사로 스카이다이빙을 가르치고 있는데 수강생들은 가면 바
로 뛰어내리러 가는 건지, 그 전에 하는 기초 교육이 있다면 어떤
게 있는지 궁금해요.**

하늘에서 뛰어내리기까지 여러 이론 교육과 지상 자세를
배우는 과정이 있어요. AFF라고 Accelerated free

fall입니다.

스카이다이빙 강사와 함께 요가 강사도 하신다고 하셨는데, 요가는 자유롭기보다 정적이고 자신을 제한하는 운동 아닌가요.

겉으로 보여지는 요가는 정적이지만 결국 스카이다이빙과 비슷한 면이 있어요. 몸으로 표현하면서 스스로의 판단, 절제와 집중이 필요하고, 그게 조화롭게 이뤄지면 결국 진정한 해방과 자유로움이 찾아오거든요.

요가를 가르치실 때 가장 중요하게 생각하는 지점이 궁금해요.

개인적으로는 회원님들과의 교감이에요. 회원님들이 자신만의 방식으로 있는 그대로의 나를 바라보게 해드리고 싶어요. 그리고 가르친다기보다는 더 좋은 길로 안내하는 것이 제가 중요하게 생각하는 부분인 것 같아요.

고공강하 팀에 가고 싶어서 특전사에 지원하신건가요.

그보다는 어렸을 때 운동을 오래 했었고 평범하지 않은 길을 원했던 거 같아요. 자연스럽게. 도전하는 거 그런 거에 피가 끓었던 것 같아요. 그래서 처음에 해병대를 지원했었는데 아쉽게 떨어졌어요. 근데 특전사가 마침 그 시기에 모집해서 또 지원하게 됐어요. 그렇게 가게 되었는데, 오히려 특전사를 간 게 저한테 더 잘된 일이라 생각합니다. 특전사 183기로 임관했습니다.

가장 힘들었던 훈련을 꼽자면.

겨울에 비정규전이라는 5주 교육에 입교했었는데
60명 중 저 혼자 여군이었어요. 교육이 마무리될 때쯤
2주 동안 FTX(합동 야전 훈련)를 나가거든요. 의식주가
충분히 보장되지 않는 교육이에요. 완전 군장을 하면
25킬로그램이 넘는데, 이걸 메고 충북 괴산을 시작으로
백두대간을 넘어 은거지까지 침투하는 게 시작이었어요.
침투 시작부터 무거운 군장 무게와 혼자 여군이라는
압박감, 그리고 남군 팀원들에게 폐를 끼치지 않고 싶어서
코피 터지도록 이 악물고 버텼던 게 기억나요. 매해 11월
말만 되면 그때가 떠오르는 것 같아요. 처음으로 군 생활
하면서 너무 힘들어서 '죽고 싶다'고 할 정도로 힘들었던
교육이었어요. 그래도 707 여군으로서 잘 버텨냈죠.

특전사가 되려고 따로 준비하신 게 있었나요.

저는 대학교를 전문사관과, 흔히 말하는 군사학과를
졸업해서 단체 생활을 2년 동안 했어요. 새벽에 다 같이
모여서 운동하고 공부하고, 또 운동하고 공부하고… 군인이
될 준비를 했습니다.

군인 정신은 뭐라고 생각하시나요.

웃을 땐 웃고 놀 땐 놀고 할 땐 제대로 하는 게 군인
정신이라고 생각합니다. 또 군인 하면, 그중에서도
특전사라면 단결력이거든요. 각자 역량이 굉장히 뛰어나신
분들이 계셔도 단합이 안 되면 그냥 껍데기일 뿐이에요.
뭔가 부족한 부분이 있으면 누군가가 채워주고 같이
안고 가면서 꼴등일지언정 끝까지 가는 모습이 저는 더
멋있더라고요. 군대에서 가장 많이 배운 것 같아요. 단결력.

뭔가 부족한 부분이 있으면 누군가가 채워주고 같이 안고 가면서 꼴등일지언정 끝까지 가는 모습이 저는 더 멋있더라고요.

전역하신 지 꽤 됐는데 군인 정신이 아직 남아 있나요.

살면서 누구나 극한의 상황이 오는데, 제 삶에 그런 극한의
상황에 왔을 때 뇌가 번쩍해요. '내가 이러면 안 되지,
나는 특전사지, 견뎌내야 되지 않나' 이런 생각들을 해요.
존버해야 한다! 이런 마음. 특히 궁지에 몰릴 때, 극한

상황일 때 과거의 경험들이 큰 도움이 되더라고요.

현역 때나 지금이나 변함없는 건 "한 번 사는 인생, 하고 싶은 거 하면서 즐겁게 살자" 이런 마음이에요.

인간 김봄은의 최종 목표는 무엇인가요.

저는 이제 현역으로 활동했던 것보다 전역하고 민간인 신분으로 살아온 지 오래 됐는데요. 목표라기보다는 현역 때나 지금이나 변함없는 건 '한 번 사는 인생, 하고 싶은 거 하면서 즐겁게 살자' 이런 마음이에요. 너무 심플하고, 쉽게 얘기할 수 있는 부분이지만 정말 이렇게 살고 있는 분들이 얼마나 계실까 물어보고 싶어요. 저는 저의 멋진 과거들이 있었기에 오늘도 "한 번 사는 인생, 하고 싶은 거 하면서 즐겁게!" 살고 있습니다.

"전역하기 싫습니다."

강은미 특전사 707특수임무단 근무 후 전역

경호학과를 졸업하고 특전사가 된 특이한 케이스인데요.

저는 경호학과 갈 생각도 없었어요. 군대는 아예 생각도
없었고. 근데 저희 집이 조금 어려워지면서 빨간 딱지까지
붙었거든요. 그때 저희 아버지한테 위협적인 행동들도 많이
들어왔어요. 제가 자다가 들었어요. '너는 쥐도 새도 모르게
죽여서 파묻겠다.' 이걸 듣고 엄청 울었거든요. 그런데 저희
아버지는 아무렇지 않은 척 또 다음 날 일하셨어요. 이런 걸
지켜보다가 '내가 우리 집을 지켜야겠다'라는 생각을 하게

됐어요. 왜 그렇게 생각했는지 모르겠지만 집을 지키려면 대통령 경호로 가야 된다고 생각했어요. 경호원은 대통령 경호 아니면 안 하겠다, 이렇게 생각하고 경호학과를 갔는데 대통령 경호원이 되는 게 쉬운 일이 아니더라고요. 어떻게 해야 하나, 하고 있는 찰나에 동기가 특전사를 지원해보라고 해서 두 번 떨어지고 세 번째 합격을 했습니다. 한 2년 걸렸어요. 특전사 와서 대통령 경호도 하고 대통령님 앞에서 시범도 보이고 뭐 할 거 다 했습니다.

제가 다니던 고등학교 주변에 변태가 너무 많은 거예요. 그냥 변태 잡아야겠다는 생각에 합기도를 시작하면서 계속 운동을 했었던 거 같아요.

타고난 운동 능력이 있으셨나 봐요.

제가 섬에서 자라서 다섯 살 때부터 유치원을 다녔는데 한 시간 거리를 항상 걸어 다녔어요.

중학교 때부터는 축구 선수를 했었고요. 축구부

주장이었어요. 고등학교 때는 또 합기도를 시작했는데
제가 다니던 고등학교 주변에 변태가 너무 많은 거예요.
그냥 변태 잡아야겠다는 생각에 합기도를 시작하면서 계속
운동을 했었던 거 같아요.

특전사를 들어가셨을 때 이게 천직이다, 이런 느낌이 왔나요.

저는 감동 먹었어요. 처음에 들어갈 때 남군이 있고 여군이
있는데 남군들이랑 어머니들이 막 울고불고하면서 떨어질
때 되게 힘들어하잖아요. 근데 저희 여군들은 저랑 비슷한
마음인지 모르겠는데 (부모님에게) 빨리 가라고 했어요.
부모님들이 가야지 훈련을 시작하니까 빨리 가시라고 하고
뒤도 안 돌아보고 들어왔어요. 그 일 때문에 저희 어머니가
아직도 '독한 년'이라고 하세요. 제가 그러는 바람에 눈물도
못 짰다고. 그걸 아직도 말씀하세요.

군인 시절 어떤 일을 담당했었나요.

주특기는 의무 주특기였고요. 임무는 고공강하팀에서
고공강하를 하는 임무였습니다.

고공강하는 몇 번 하셨나요.

저는 현재 약 1000회 정도 탔고, 여전히 진행 중입니다.

'고공강하'라는 게 위험하지는 않나요.

낙하산이 얼마나, 어느 속도로 전진하는지 바람이 어느
방향에서 부는지에 따라 방향이 달라지기 때문에 공중에서
계산을 다 하고 내려와야 합니다. 그게 순식간에 이뤄져야
하다 보니 고공강하를 하면서 뇌진탕도 걸려보고 허리도
다쳐보고 무릎도 다친 적 있습니다.

허리를 다쳤을 때는 의사들이 '너는 못 걸을 거다, 그냥
이 상황을 받아들이고 살아라' 하셨는데 절대 그렇게 살
순 없잖습니까. 재활하고 연습하고, 운동하고 끊임없이

하다 보니까 지금은 군 생활 할 때 컨디션으로 돌아온 거지 말입니다.

그럼 부상으로 인해서 전역을 하신 건가요.

네. 엄청 울었습니다. 전역할 때 전역사라는 걸 하는데 전역사 할 때 707부대 인원들이 다 울었습니다. 전역사에 울면서 '전역하기 싫습니다' 한마디 하고 왔는데 다 울었습니다. 군인으로서 국립묘지에 묻히는 게 최종 목표였거든요. 20년 이상 근무하거나 훈련 도중 사망하면 국립묘지에 안장되는데 거기 묻히는 게 꿈이었는데 목표가 사라진 기분이었습니다. 나는 특전사밖에 없는데, 앞으로 뭘 해야 하는지 막막했습니다.

특전사는 생존 훈련도 많이 한다고 하는데 어떤 훈련을 하나요.

생식주라고 해서, 먹는 걸 구하면서 생존하는 훈련을 합니다. 특전사에서 제일 좋은 생존이 적을 제압하고 제가 살아남는 거입니다. 그래서 다양한 생존 훈련을 하는데 군장 싹 다 매고 24시간 안에 100킬로미터 갔다 오는 훈련도 하고 야간에 달리는 것도 합니다. 발바닥에 물집이 쿠션처럼 생기는 것은 기본입니다.

야간에는 보이는 게 없는데 어떤 훈련을 하나요.

특전사는 야간에 다 움직입니다. 낮에는 숨어 있다가 야간에 침투하는 훈련을 합니다. 그리고 산에 있는 그 길을 가는 게 아니라 산 중턱 7, 8부 능선, 고라니나 염소들 다니는 그 길을 다니거든요.

그럼 시야 확보는 어떻게 하세요.

그냥 지도 보고 가는 거죠.

랜턴 같은 장비를 쓰는 건가요.

랜턴 안 씁니다. 랜턴 쓰면 저기 2킬로미터 전방 내에 다 보여요. 담뱃불도 다 보여요. 그래서 얘네 어디 있는지 다 보여요. 그래서 그런 거 쓰면 안 됩니다. 만일에 랜턴 쓰려고 하면 담요를 덮거나 아니면 야광찌 같은 거를 사용합니다.

야광찌로 가능한 일인가요.

제가 의무 담당관인데 응급처치를 하거든요. 야광찌 달아놓고 링거 주사도 놓습니다.

야시경 같은 것도 안 쓰시나요.

그런 거는 이제 상대방 적 침투할 때 몇 명이 있는지 아니면 그 안에 건물 내부 침투할 때 보는 거지 그것도 건전지 들어가거든요. 그거 다 써버리면 안 되니까 그냥 달빛으로 갑니다. 달이 조금 크게 뜨면 되게 밝아서 다 보이거든요. 근데 그믐이면 조금 간격을 좁혀서 가요, 안 보이니까.

제일 힘들었던 훈련은 뭐였나요.

저는 고공낙하 훈련이라고 해서 높이가 한 2만 피트 정도 되거든요. 그럼 산소 호흡기를 켜야 돼요. 거기서 이제 점프를 해서 침투하는 건데 그냥 2만 피트면 좋겠지만 이게 1천 피트당 (기온이) 2도씩 떨어져요. 그러니까 한 영하 2, 30도 되겠죠. 그 추위도 힘들고 거기에서 이제 그 지점을 찾아가야 되는 거. 지금 옥상에만 올라가 봐도 엄청 조그맣게 보이잖아요, 근데 하늘에서 보면 아예 안 보이잖아요. 그런 거 찾아가는 것도 힘들고 그 위에서는 기계가 얼어버려서 작동도 안 돼요. 그래서 이제 본인 나침반이나 아니면 스스로 판단하면서 찾아가야 하는데 되게 위험해요. 잘못 날아가면 이제 침투 못하고 딴 데 가기도 하고요. 저는 그런 적이 있었는데 4차선 도로 위로 계속 떨어지는 거예요. 낙하산이 수직 하강을 계속하는데 바람이 양쪽에서 불어버리니까 낙하산이 움직이지 않는 거죠. 근데 사람들은 하늘을 보고 운전을 하진 않잖아요. 그때 좀 놀란 기억이 있습니다. 마지막에 바람이 살짝 딴 데로 불어서 고추밭에 떨어져서 다행이었어요.

특전사 중에서 고공낙하가 임무인 사람들이 많은가요.

아니요. 707에서도 소수고 이렇게 기술이 있는 인원들이 잘 없어요.

훈련 나가면 먹는 건 어떻게 해결하시나요.

부대에서 보급해주는 전투 식량을 몇 개 나눠주는데 끼니를 다 챙겨주는 건 아니니까 나중에는 칡뿌리 캐먹고 지냅니다. 보급을 중간에 해주는 경우도 있고 안 해주는 경우도 있는데 보급을 해준다고 하면 좌표를 주고 그 시간을 줍니다. 그때 항공기에서 보급 내려줄거다, 참아라, 이렇게.

잠은 어디서 자나요.

땅 파고 들어가서 잡니다. 일반인들은 저희를 찾을 수 없습니다.

군 생활 얘기하실 때 즐거워 보이시는데요.

재밌었어요 저는. 즐겁게 하는 거랑 훈련이다 생각하고 하는 거랑 다르다는 걸 제가 많이 느껴서. 저는 강압적인 거 별로 안 좋아해서 부대에 있을 때도 후임들한테 이유를 알려줬어요. '이거 해야 돼' 이렇게 지시하는 게 아니라 이걸 왜 하는지 이유를 알려주고 '같이 재미있게 가자' 이런 식으로 임했어요. 군 생활이 즐거운 기억으로 남아 있는 것 같습니다.

'이거 해야 돼' 이렇게 지시하는 게 아니라 이걸 왜 하는지 이유를 알려주고 '같이 재미있게 가자' 이런 식으로 임했어요.

즐거운 군 생활을 끝내고 현재 하시는 일은 무엇인가요.

여러 가지 일을 하고 있는데요, 먼저 유튜브 채널 〈깡레이더〉를 운영하고 있고, 관련해서 각종 방송에도 출연하고 있습니다. 요즘은 〈골때리는 그녀들〉에서 축구도 하고 있어요. 그리고 안산에서 애견 유치원도 운영하고 있고, 대학교 군사학부 교수로 학생들도 가르치고 있습니다.

인간 강은미의 최종 목표는 무엇일까요.

건강을 잘 유지하면서 운동장이 있는 애견 유치원으로
이전하는 게 목표예요. 그리고 인생의 최종 목표는
실버타운을 건설하고 싶어요.

"태극기를 보면 아직도
가슴이 떨리거든요."

이현선 특전사 707특수임무단, 일반 육군 근무 후 전역

군 생활을 얼마나 하셨나요.

10년 했습니다.

예비역이신가요.

저는 예비군 선택했습니다. 여군들은 보통은 퇴역을 하죠. 국방의 의무가 없으니까. 예비역이라는 게 '전쟁 나면 너도 소집을 하겠다. 응하겠느냐'라는 뜻이에요. 제가 군문을 나섰지만 강은미 중사님의 영향도 있고, 군에 대한 애정은

변하지 않아서 예비역을 선택했습니다.

목걸이가 특이한데.

네, 군번줄이에요.

평소에도 계속하고 계신 건가요.

알려지 때문에 은으로 맞춤 제작 했는데요, 부상 이후로 일반 육군으로 나오고 나서 심적으로 많이 힘들었을 때, 군에 대한 의지를 되새기고 싶어서 임관 후 첫 부대였던 707의 슬로건을 뒷면에 각인해서 제작했습니다. 군번줄을 보면서 군인이 되기 위해 노력했던 시간들을 생각하면서 힘을 냈습니다. 그래서 더 애착이 가고 전역 후에도 계속 착용하고 다니고 있습니다.

군인이 되기 위해 노력했던 시간들을 생각하면서 힘을 냈습니다.

특전사에서 일반 육군으로 전향하신 이유가 무엇인가요.

운동하다가 왼쪽 아킬레스건이 끊어졌거든요. 체력 수준이 못 미칠 것 같아서 박수 칠 때 떠나자는 마음으로 나오게 됐어요. 또 특전사는 작은 집단이잖아요. 특전사끼리만 훈련하는 집단인데, 일반 야전에 나오면 좀 더 넓은 시야로 군 생활을 할 수 있을 것 같아서 나오게 됐습니다.

특전사 시절 임무는 무엇이었나요.

처음 707 여군중대에서 폭파 부사관을 했고, 특수전학교에서 부사관 후보생들 양성하는 훈육관을, 그 이후엔 대테러팀에서 근무했습니다.

주특기는 무엇이었을까요.

707대대에서는 폭파 부사관이었고, 육군에 와서는 부소대장 임무를 수행했습니다.

어떻게 군인이 되셨나요.

초등학교 4학년 때 국군의 날 특전사 특공무술 시범을 보고 특전사라는 걸 알게 됐어요. 거기서 본 특공무술 때문에 특공무술을 배웠고요. 또 같이 운동하던 언니가 특전사에 입대하면서 특전사 여군이 되고 싶다는 마음이 더 커졌습니다. 제가 특전사 지원할 때 만 18세 이상의 고등학교 졸업학력을 가진 자가 지원 자격이었는데 대학도 가고 싶고 군대도 빨리 가고 싶으니까 부모님을

설득했어요. 그래서 중학교만 졸업하고, 검정고시에 합격하고 열여덟 살에 2년제 대학을 가서 졸업하고 그러고 바로 입대하게 됐습니다.

군대도 가고 싶은데, 대학도 가고 싶어서 검정고시를 본 경우는 처음 보는 것 같아요.

빨리 군대에 가고 싶어서 검정고시를 봤는데, 그때 당시 제가 열일곱 살이었고, 지원 자격이 되지 않아서 대학교에 입학한 거였어요. 고등학교 학창 시절이 없다 보니까 캠퍼스 생활을 한 번은 해보고 싶더라고요.

여전히 '다나까 체'를 쓰시네요.

저요? 아니에요. 제가 군 생활 하면서 인성 교관을 한 적이 있어요. 거기는 같은 군인을 대하는 거여도 제가 딱딱하게 하면 안 돼서 '요'자 쓰는 걸 많이 했어요. 그래서 저는 다른 군인들에 비해 '요 체'를 많이 써요.

계속 '다나까 체' 쓰시다가 갑자기 '요 체'를 쓰시는데요.

아니에요. 아니에요. (웃음)

운동 경력이 20년이라고 적어주셨는데 어떤 운동을 하셨나요.

제가 열한 살 때부터 했던 거는 특공무술이랑 합기도

그리고 태권도. 보디빌딩도 했었고요. 요즘은 크로스핏을 하고 있습니다. 특공무술 4단, 합기도 4단, 태권도 2단입니다.

특공무술이라는 게 어떤 거예요.

과거에는 이제 특전사가 사용하는 살상 무술이었어요. 북한군을 제압하거나 죽이기 위해서 만들어진 무술이고 그게 박정희 대통령 때 606부대, 청와대 경호실에서 처음 만들어졌습니다. 그 이후에 이제 특전사로 보급되면서 일반 사회에도 보급되기 시작했어요. 지금은 살상 쪽이 아니라 스포츠 쪽으로 많이 바뀌었습니다.

군대에 있을 때 기억에 남는 훈련이 있나요.

제일 재밌었던 건 여단에 있을 때 했던 해상훈련인데요. 이게 바다에서 하는 훈련이거든요. 특전사는 하늘, 땅, 바다에서 훈련하는데 그중 낙하산을 타는 게 저희 중요 임무 중 하나예요. 보통은 지상에 착지 후 본인의 낙하산을 들고 복귀하는데. 해상훈련 중 강하할 때에는 지상에 착륙하지 않고, 바다에 착륙하는 훈련을 하거든요. 바다에 착지 전에 안전띠를 풀고 해수면에 닿음과 동시에 낙하산을 벗어야 해요. 그렇지 않으면 낙하산 줄에 감겨서 나오지 못하거나, 카나피에 의해서 질식할 위험이 있거든요.

이런 훈련은 특전사라도 누구나 할 수 있는 훈련이
아니니까, 그때가 가장 기억에 남네요.

군인이라는 직업의 매력이 뭘까요.

저는 군을 나온 상황인데도 불구하고 군복이나 태극기를
보면 아직도 가슴이 떨리거든요. 사명감을 가지고 국민과
국가를 위해 일한다는 게 멋진 것 같습니다.

롤모델이 있으신가요.

저는 안중근 장군님이 롤모델입니다. 의병군
참모중장이셨잖아요. 나라의 원수를 사살하고, 군인으로
재판을 받으셨고…. 사형 집행 전 일본인 간수에게
위국헌신군인본분爲國獻身軍人本分이라는 유묵을
써주셨는데 죽음을 앞둔 상황에서도 의연하게 군인으로서
죽음을 맞이하셨습니다. 나라를 위해 몸을 바치는 군인의
본분, 그런 지점을 닮고 싶기 때문에 안중근 장군님이
롤모델입니다.

나라를 위해 죽는다는 마음이 어떻게 생기신 건지 신기한데요.

죽는다는 건 무섭죠. 그럼에도 불구하고 '내가 희생해야
내 가족을 지킬 수 있으니까'라는 생각이 더 큰 것 같아요.
사실 국민을 위해 일한다는 게 큰 의미잖아요. 내 가족도

국민이니까, 그 가족을 지키는 게 국민을 위한 거죠. 그래서 제 가족을 지키려고 하는 거니까 군인으로서 당연한 거라고 생각합니다.

어머니가 가족을 지키려고 군인이 된 걸 아시나요.

모르실 겁니다 아마. 알면 엄청 우실 겁니다.

군인이 꿈이셨는데 전역을 결심하신 계기가 있을까요.

부상 이후 체력이나 몸 상태가 이전의 역량을 따라갈 수가 없더라고요. 스스로 회의감도 들고, 사회에 나가 한 번도 해보지 못했던 다양한 경험들을 해보고 싶어서 인생 2막을 시작해보기로 결심했습니다.

늘 한계를 뛰어넘는 도전을 했고, 그때마다 늘 극복했기 때문에

새로운 일에 도전하시는 지금, 두렵지 않으신가요.

사실 좀 두렵습니다. 어렸을 때는 그걸 꼭 해야겠다고

생각하면 무조건 앞만 보고 갔는데 지금 어찌 됐든 안정된 직장을 버리고 나온 거잖아요. 그거에 대한 부담감이 있어요.

그리고 많은 나이는 아니지만 서른이라는 나이가 (부담이) 커요. 부담이 많이 되고. 하지만 늘 한계를 뛰어넘는 도전을 했고, 그때마다 늘 극복했기 때문에 어떤 어려움도 이겨낼 수 있을 거라고 생각합니다.

"군인이라면
사격은 만발,
체력은 특급이어야
되지 않나."

김나은 백골부대 근무 후 전역

군 생활 할 때 어떤 임무를 수행하셨나요.

현역 때는 표적 분석관 임무 수행했습니다. 표적
분석이라고 하면 어떤 게 떠오르십니까?

지도 펴놓고 목표물에 엑스 치고 그런 거 아닌가요.

통상 사격지에 있는 표적 생각하시는데, 표적 분석관은
정보자산(지상, 공중, 신호)을 이용해서 정보 및 첩보자료를
수집하고 분석해서 적 전투서열을 판단한 뒤 지휘관이

전략적인 판단할 수 있도록 정보제공을 해주는 역할입니다.

교육을 받으시는 건가요.

네 정보자산 자료를 분석해야 해서 정보 기초과정,
영상분석과정, 표적분석과정, ATCIS(육군전술지휘정보
체계), 적 전투서열 교육 과정 등 여러 가지 교육을
받았습니다.

북한군이 들어가는 게 보이나요.

적군을 실질적으로 보려면 접적 지역인 GP, GOP에서
보이기 때문에. 확인도 하고 훈련도 하는데 더 이상
이야기하면 문제가 될 수 있을 것 같습니다.

그러면 북한군의 움직임을 계속해서 보고 있는 건가요.

평시에는 감시를 하고, 전시에는 실시간 적 표적을
식별해야 하기 때문에 계속해서 확인하고 있습니다.

실제처럼 가정해서 훈련도 하시나요.

네. 모든 부대는 작전 계획에 맞춰 실전처럼 훈련합니다.

영화 보면 "진돗개 하나" 이렇게 하면서 무전 치던데 그런 상황들
이 진짜 있나요.

실제로 저희 전방에 있는 적이 도발을 해서, 포를 쏜 적이 있습니다. 당시 숙소에서 쉬고 있었는데 바로 비상 걸렸습니다. 비상 걸리면 저희는 30분 안에 부대를 들어가야 합니다. 바로 전투복 입고, 바로 가서 물자분류하고, 진짜 전쟁 준비하는 것처럼 실제로 했었습니다.

실제 상황 같을 때는 전화가 오나요, 아니면 부대 안에 사이렌 같은 게 울리나요.

비상 사이렌도 울려요. 왜냐하면 병사들도 들어야 하니까요. 부대 밖에 있는 간부들을 소집할 때는 비상 통신망이라는 게 있습니다. 그럼 누구는 누구를 전화하고, 누구는 누구를 전화하고, 꼬리물기 식으로 연락합니다. 만약에 안 받으면 주변에 있는 동료가 숙소로 데리고 와요. 최종 말단에 받은 사람은 통제실로 전화해서 '보고 받았습니다' 하고 출동하고요. 그것 말고도 번개통신이라고 일괄적으로 가는 전화가 있습니다. 그걸 안 받으면 계속 옵니다.

기계음 같은 게 나오는 건가요.

네, 기계음으로 이제. 현 시간부로 비상 소집되었습니다. 전 간부는 현 시간부로 해서 부대 복귀해주시기 바랍니다.

이러면 바로 들어옵니다.

그렇게 해서 30분 안에 다 부대로 모이는 건가요.

네. 거의 매월 훈련하기 때문에 진짜 일사분란하게
움직입니다.

실제 상황이 벌어지면 아까 물자분류라고 했는데 어떤 걸 챙겨가

는 건가요.

저는 지휘통제실이어서 지휘관과 같이 이동하는데요. 이제
뭐 탄, 총 같은 거. 다른 기본적인 식량이랑, 군장이라고
들어보셨습니까? 큰 가방에 화생방 그런 보호구,
방독면이랑 그런 것들을요. 수류탄 같이 공격, 방어할 수
있는 것들을 챙겨갑니다.

**지휘관과 같이 이동하면 지휘관 텐트에 지도 확 펴고 그런 일들을
하시는 건가요.**

네, 그런 곳. 리얼 산 안의 동굴 같은 데 큰 지도 펼쳐놓고
푯말 같은 것을 둡니다. 적군 푯말, 아군 푯말 놓고 전술을
외워서 브리핑하고. 저 완전 초임 때, 막 1년 차, 2년 차일
때 아무것도 모르는데 지도 만들어야 했어요. 막 합판 같은
거에다가.

지도를 직접 만드시는 거예요.

네. 쓰리엠 접착제 치이익 뿌려가지고 부포 안 일어나게
붙인 다음에 코팅지도 그 아스테이지 아시죠? 그거 엄청
크게 잘라가지고 공기방울 안 생기게 싹, 걸레로 싹싹싹싹
밀고 막. 육군 지형 정보단에서 만든 지도를 활용하는데
지도의 축척에 따라 방대하거나 조밀해지기 때문에 제가
필요한 부분을 따로 발췌해서 붙이기도 하고, 도식화하기도

하고. 하지만 대대급까지 ATCIS라는 장비가 있어서
컴퓨터에서 그 지도를 계속 도식화하는 형태로 하기 때문에
지금은 지도 소요가 많이 없습니다.

막내는 어디 가나 똑같네요.

거의 일회용입니다, 훈련 한 번 하면 찢어지고 부러지고
이래가지고 매번 새로 만듭니다.

영화에서처럼 펜으로 막 휘갈기면서 하는 건가요.

수성으로 네네.

영화가 허구는 아니군요.

네, 진짜 그렇게 합니다. 그래서 저는 (영화) 보면 정말 잘
만들었다. 완전 빳빳하게 하는데 와 저걸 뒤에 뭘 댔을까,
라는 생각이 듭니다. 나무를 댔을까, 합판을 댔을까,
하면서요. 그런 게 보였던 기억이 있습니다.

그런데 지도를 잘 봐야 하면 길치들이 좀 하기 힘든 임무겠네요.

제가 입대 전에 방향치에 길치 기질이 있어서 낮에 본 길을
밤에 보면 모르고 그랬습니다. 그래서 입대 후에도 엄청
고생을 했는데 왜냐하면 그 산 7부 능선, 8부 능선으로
가야 하는데 저 같은 경우에는 한 100미터 가면 이게

있겠구나, 했는데 가면 없고. 이런 경우가 많았습니다. 혹시 독도법이라고 아십니까? 지도랑 나침반 가지고 표적 찾아가는 그런 게 있는데 처음 했을 때 뒤에서 두 번째였습니다. 그랬는데 훈련하고 나서 앞에서 두 번째로, 2등으로 들어갔습니다. 노력하면 발전할 수 있습니다.

체력이 특급이셨다고 들었는데요.

네네. 군 생활할 때 무조건 체력은. 군인이라면 사격은 만발, 체력은 특급이어야 되지 않나. 개인적으로 그렇게 생각합니다.

특급전사라는 게 체력 특급 받으면 되는 건가요.

체력만 좋다고 되는 게 아니고 여러 가지가 있는데 화생방이라고 아까 설명 드렸던, 보호구 빨리 입고 방독면 9초 이내로 쓰고, 이런 거랑 한국사 이런 것도 있고 평가 과목이 많습니다. 주요 과목들을 다 특급 맞아야 특급 전사가 되는 겁니다.

전 과목 A, 이런 느낌이네요.

저는 항상 뭐 사진 찍을 일 있으면 특급전사 배지를 살짝 보이게 자세를 잡습니다.

특급전사 선발은 1년에 한 번씩 하나요.

체력검정이나 이런 게 전반기, 후반기로 있어서 이제 1년에
한 번 취득하면 반년? 이렇게 할 수 있는. 그래서 최정예
전투원을 나가게 되고 MBC 〈진짜 사나이 300〉에 출연도
했어요.

그럼 만약에 다음 분기에 특급전사가 안 되면 배지를 떼나요.

네. 그러니까 이제 한 번 따면 그 배지의 맛을 보면
계속 해야 하는 그런 게 있습니다. 저는 또 육군 최정예
전투원이라고 해서 사단에서 군단, 군단에서 이제 육군,
이렇게 내리 평가를 받는 겁니다. 제가 대대 소속이었는데
군단 최정예 전투원까지 했었습니다.

운동에 원래 소질이 있으셨나 봐요.

제가 어렸을 때 에너지가 너무 넘쳐서 부모님이 힘을 좀
빼게 하려고 일곱 살 때부터 태권도장을 보냈었는데 잘
맞아서 쭉 하게 됐습니다. 군인 아니었으면 태권도의 길로
갔을 정도로 열심히 했습니다.

승부욕이 있으신 편인가요.

태권도를 할 때에도 대회 나가서 여러 번 입상도 하고, 제가
군사학부를 나왔는데 2년 동안 올 A였습니다. 저는 지는

걸 굉장히 싫어하기 때문에 지면 왜 졌을까. 무슨 문제점이 있었던 걸까? 반복 안 하려면 뭘 해야 하는 걸까? 이런 걸 많이 생각합니다. 행동하기 전에 많이 생각하는 편입니다. 한 번 할 때 확실히 해야 되는 사람입니다.

행동하기 전에 많이 생각하는 편입니다. 한 번 할 때 확실히 해야 되는 사람입니다.

군인이 되신 계기는 무엇일까요.

사격 같은 걸 어릴 때부터 좋아했어요. 군에 입대하면 실제 총을 쏘니까 그 부분이 멋있어 보였고, 실제로 후보생일 때 저만 만 발 쐈습니다. 워낙 활동적이고 운동도 좋아하고 태권도도 오래 했다 보니까 그걸 살려보자 해서 입대를 하게 됐었습니다.

전역 후 현재는 어떤 일을 하고 계신가요.

운 좋게 〈사이렌〉에 함께 하고 많은 사랑을 받았고 행복한 시간이었는데요, 지금은 제가 즐기면서 할 수 있는 여러 가지 운동과 취미 활동을 찾아가고 있고, 좋은 사람들과 함께 운동하고 이야기 나누며 행복한 시간을 보내고 있습니다. 또 현실적으로는 앞으로의 미래에 대해 차근차근 고민하며 하나씩 준비해가고 있습니다.

저는 지금까지 잘해왔듯이 이번에도 해낼 것이라는 믿음이 스스로에게 있어요.

인간 김나은의 최종 목표는 무엇일까요.

지금 준비하고 있는 것이 있는데, 저는 지금까지 잘 해왔듯이 이번에도 해낼 것이라는 믿음이 스스로에게 있어요. 그게 무엇이든 원하는 것을 이루기 위해 최선을 다하는 것이 저의 목표입니다.

4장

소방

"딱 두 개가
행복해요.
웃기다, 힘세다."

김현아 경기도 화성 소방서 소방장

자기소개 부탁드려요.

힘이 너무 세서 어디 쓸지 고민하다가 열심히 사람 구하고
있는 소방장 김현아입니다. 지금 그중에 구급대원이고,
구급차 운전하면서 출동 나가고 구급, 구조하고, 불 끄는데
뒤에서 보조도 하고, 운전하고 있습니다.

'소방관이 되어야겠다' 마음먹은 계기가 있을까요.

대학교를 응급구조과 나와서 병원에서 먼저 일했는데요.

힘이 너무 세서
어디 쓸지 고민하다가
열심히 사람들을
구하고 있습니다.

응급실에서 일하다 보니까 119 구급대원이 환자를
인계해줄 때가 많아요. 그걸 보면서 느낀 게 '내가 이렇게
힘이 센데, 왜 여기 앉아서 환자를 기다려야하지? 나가서
구해와야겠다' 생각이 들어가지고. 병원에서 3년간 일하다
임용 준비해서 구급대원 경력채용으로 들어갔어요.

구급대원은 어떤 일을 하시나요.

응급 구조사 자격증이나, 간호사 면허가 있는 사람들이
구급대원 경력채용으로 들어가는데요. 구급대는 화재
진압대를 갈 수는 있는데 화재 진압 대원은 구급대를 하고
싶어도 의료적인 걸 다루다 보니 어려워하더라고요. 따로
자격증을 따야 하는 거예요. 지금 구급대원이 전국적으로
부족하다 보니까 화재 쪽으로 가기 쉽지 않고 서로 보직이
있긴 한데. '힘'을 쓰는 걸로 보면 어차피 일하는 건 다
무거운 거 드는 거거든요.

구급대원으로 근무하시면서 운전도 하신다고요.

구급대원 나가면 거의 두세 명이 출동을 나가요. 그냥
운전만 한다고 끝이 아니고, 운전하고 도착하면 들것도
들고 빼고 그다음에 전반적으로 그 현장에서 이 환자를
어떻게 옮기고 처치할지, 어느 병원으로 옮길지 (운영) 하는
거예요.

여성 소방관 분들이 운전하는 경우는 드물다고 하던데요.

저도 처음에 운전을 하고 싶다고 생각했을 때 제가 안 했던
업무이고 생소한 분야니까 혹시나 위에서 저를 못 믿으실까
봐 많이 연습했어요. 그게 엄청 중요한 거니까. 들것 들고
빼고. 그 와중에 근력 운동도 계속했었고. 또 같이 타는
선배한테 부탁해서 '돌아가는 길은 제가 먼저 하겠습니다'
하면서 틈틈이 운전 연습도 했었어요. 그런데 아무래도
여자 직원들이 많이 안 하던 부분이다 보니까 사고 걱정도
있고 해서, 윗분들 허락을 받았어야 했어요.
초반에 들어와서 이제 어느 정도 짬이 차면 운전을 하게
되는데, 여직원들은 짬이 차도 운전을 시키지도 않고
한다고도 안 해요. 그냥 사회적 통념으로 그게 굳어버린
것처럼. 그래서 어느 정도 짬이 좀 찼을 때 '하겠습니다'
라고 했더니, 개인적으로 연습을 그렇게 했는데도
완벽하게 거절을 당했고요. 그리고 나서 제가

대회(소방기술경연대회)를 나갔거든요. 그 대회가 남자
소방관들도 힘들어서 잘 안 나가는 대회예요.
대회를 나갔다 와서 이제 '운전하겠습니다'라고 하니까
5분 만에 허락돼서 그냥 일사천리로 운전하기 시작했어요.
체력이 입증된 것 같은 느낌이었어요.

아무도 하지 않았던 것을 처음 하는 데 두려움은 없으셨나요.

버스도 여자 기사 분들 있잖아요. 차가 크면 운전 각도가
어렵겠지만 차가 크다고 해서 핸들이 더 무겁고 이러지
않아요. 그냥 안 해보던 거라서 약간 미지의 업무라 여자
분들이 많이 안 하셨어요. 옛날에 그렇게 할 수 있는
분위기도 아니었고요 대한민국이. 근데 점점 바뀌어가는
것 같아요. 그런 분위기 바꾸려고 또 엄청나게 노력 많이
하시는 분들도 계신 것 같고요.

구급차 운전하실 때 내부 상황이 매우 급박할 것 같은데요.

뒤에 구급대원들 건강 걱정될 정도로 좀 빨리 달리고,
신호도 위반해야 되고, 귀는 그냥 먹었다 생각하고 합니다.
왜냐하면 이제 사이렌 최대로 켜고 클락션도 울려야 하고.
안에 뒤에 환자실 비추는 화면이 있거든요. 그것도 보면서
흔들리지 않게도 가야 하고. 그다음에 좌우에 도로도 다
봐야 하고. 브레이크 밟고, 악셀 밟고, 소리까지 키고,

창문까지 여니까. 아예 그냥 '빙의됐다' 생각하고 운전해야
돼요, 진짜.

창문을 내리고 운전하는 이유가 있을까요.

안 내리면 차 소리가 안 들리니까요. 바깥에 잘 보고
시인성視認性도 확보하려면 창문도 내려야 돼요. 그러면
사이렌 때문에 귀 나가는 건 그냥 포기해야 돼. 그럴 때.
저희가 모든 출동에 사이렌 소리를 최대로 켜고 가는 건
아니고요. 진짜 소리 세게 켜고, 엄청나게 빨리 가고 짜증
날 정도로 뒤에서 막 소리 세게 켜고, 전조등 켜고 오면
그건 진짜 심각한 거예요. 초응급 상황인거예요. 빨리 가야
하는 거. 저희끼리 약속처럼 정해져 있어요.

현장에서 힘든 점이 있다면요.

제가 막 근육 자랑하고 다닐 수는 없잖아요. 밤에 출동
나가서 환자 분 어디 계시냐고 현장이나 집 안에 딱
들어가면 대한민국 특유의 사회 통념이 짙게 배이신 분들이
이제 막 물어보죠. '아니 남자는 없어요?' 하고 물어봐요.
바로 앞에 제가 이 할머니를 업을 준비가 돼 있는데, 그렇게
말하면 기운 떨어져요. 나처럼 키 크고 덩치 큰 여자가
와도, 목소리 걸걸해서 남자인지 여자인지도 모르는데
이런 사람이 와도 이렇게 무시하는데 나보다 더 작은 여자

직원들은 얼마나 더 무시를 할까, 이 생각도 하고. 그런데 만약에 지금 뽑힌 여자 소방관들이 일을 제대로 못하고 있었으면 계속 일을 시킬까요? 사회가 안 돌아갈 거 아니에요. 무조건 환자, 한 80킬로그램 정도 되는 사람을 한 손으로 들어서 던질 수 있어야 소방관인 건 아니거든요. 일단 장비도 다 쓸 줄 알아야 되고, 요령도 있어야 하고, 각자 맡은 임무가 있어야 하는데. 소방관 한 명이 출동 나가서 소방차 딱 받쳐놓고 혼자 호루라기 딱 분 다음에 물 혼자 싹 쏘고 들어가는 게 아니잖아요. 근데 아직도 사회적 통념이 그렇게 저희를 이끌어가는 것 같아요. 못 할 거라고 생각하고, 아예 시키시질 않더라고요.

환자를 이송해야 하는 구급대원으로서 겪는 고충이 있다면 무엇일까요.

심하게 맞은 적도 있어요. 성추행도 당하고, 맞고, 폭행한 가해자가 감옥도 가고요. 구급대원들은 대부분 경험이 있을 거예요. 생각보다 힘들어요. 그거 겪는 게. 저한테 주취자가 허공이라고 생각하고 때렸어도 일단 맞으면요. 좋은 일 하려고 마음을 먹고 갔더라도 얼굴에 침 맞고 막 때리면요. 이게 아무리 사람이 사명 갖고 일하려고 해도, 일을 시작한 게 후회될 정도까지 가요. 그래 놓고 다시 또 시간이 지나면 회복돼요.

근데 그 시기를 잘 견뎌야 해요. 구급대원이 맞거나
밤새도록 시달리는 일이 있었으면 다음 날까지 좀 쉬라고
하고, PTSD 왔을 거니까 좀 회복을 시켜줘야 하는데
옛날에는 막 전화해서, 왜 위에 보고 안 했냐고, 왜 또 전화
안 했냐고, 직원들끼리도 좀 힘들게 했어요. 근데 지금은 딱
맞으면 그냥 집에 가라고 그래요. 그 직원은 집에 가라고
그러고 남아 있는 직원들이 다 알아서 남은 업무 처리나
보고를 하고요. 직원들이 2차 피해를 주면 안 되니까. 그런
식으로 점점 대처가 나아지고 있는 것 같아요.

그럼에도 행복한 순간이 있다면 언제일까요.

웃기다고 할 때. 원래 꿈은 초등학교 때부터 계속
개그우먼이었는데 어떻게 하다 보니까 먹고 살려고 소방관
된 거고요. 또 이거 힘자랑하는 게 특기라서 맨날 가서 힘
센 척하고 이러는데, 내가 어떤 힘을 보여줬을 때 사람들이
'와, 저 여자 대단하다' 했을 때 행복하더라고요. 이렇게
어디 가서 딱 두 개가 행복해요. 웃기다, 힘세다.

소방관에게 가장 중요한 덕목이 뭐라고 생각하세요.

당연한 건 사명감이고요. 그리고 저희 일이 안전에 관련된
일 하다보니까 '사명감, 안전' 이 두 가지가 중요해요.
최근에 어디서 들었는데 웹툰이었나, 최근 꽂힌 말인데요,

소방 공무원이 하나의 출동을 나가면 두 가지 생명을
구해야 한다 하더라고요. 첫 번째는 당연히 환자. 국민을
구해야 하고, 두 번째는 나 자신을 구해야 된다, 였는데
감동이었어요.
그래도 제일 가져야 할 건 당연히 사명감. 사명감 잃으면 안
된다고 생각합니다.

제일 가져야 할 건
당연히 사명감.
사명감 잃으면
안 된다고 생각합니다.

소방관으로서 혹은 인간 김현아로서 최종 목표는 무엇일까요.

힘세고, 멋지고 특이한 모습으로 기억되는 소방관이 되고
싶어요. 믿을 수 있는 소방관이요.

"가만히 있으면
아무것도
못하잖아요."

김지혜 경상남도 거제 소방서 장승포 119안전센터 소방사

고향이 거제이신가요.

저 경북 경산 사람이요. 근무 시작하고 계속 거제에
있었어요.

어떻게 소방관이 되신 건지 궁금해요.

어렸을 때 등산하다가 실종자 수색하는 구조대원과
구조견을 본 적이 있어요. 소방관이 영웅처럼 멋있어
보이더라고요. 그때부터 쭉 소방관이 꿈이었어요.

관련 학과 졸업 후 바로 소방관이 되신 건가요.

소방관이 꿈이었으니까, 소방학과를 졸업했어요. 학과 특채라고 따로 있거든요. 과목 3과목 치면 돼요. 원래 5과목인데. 소방학과 졸업하고 바로 입사한 건 아니고 준비하면서 운동을 했는데 너무 재미있어가지고, 잠깐 갔다가 다시 왔어요. 트레이너 생활 8년 정도 하다가 소방서 들어온 지 3년 됐어요.

차 운전 다 하고,
벌집도 떼러 가고,
사람도 구하러 가고,

지금 안전센터에서는 어떤 업무를 하시나요.

화재 진압반으로 소속되어 있는데 할 수 있는 건 다 하고 있습니다. 센터는 다 같이 해요. 저는 센터에서 '운전 기관'을 맡고 있고요. 구급차, 물탱크차, 펌프차, 고가 사다리차… 이렇게 차는 제가 다 하고 있어요. 차 운전 다 하고, 벌집도 떼러 가고, 사람도 구하러 가고, 그냥 센터 업무 다 한다고 생각하시면 돼요. 본서는 좀 나눠져 있는데 저희는 다 같이 해요. 구급도 하고. 근데 구급 한다고 해서

제가 막 처치를 하고 이러진 않아요. 그건 자격증이 있어야 할 수 있어서. 출동 같이 해서 들것 같이 들어주고, 무거운 거 들고, 사람들 계단 내려올 때 업고.

운전 업무를 하는 여성 소방관이 많은 편인가요.

아직 기관은 여자들이 많이 없어요. 그래서 그런지 남자가 사고 내면 어쩔 수 없었지만 여자가 사고 내면 여자이기 때문이라고 얘기하거든요. 근데 그냥 가만히 있으면 아무것도 못하잖아요. 그냥 가서, 사고 내도 내가 책임진다고 얘기하니까 시켜주던데. 그렇게 하면 싫어하는 사람들도 있긴 있는데 조금 개방적이신 분들은 '그래 한번 해봐라' 하셔서 지금 잘하고 있습니다.

지금은 경력이 쌓이셨지만, 일이 서툴렀을 때 실수했던 경험이 있으신가요.

제가 길치가 심해가지고…. 한번은 거제에 선박 화재가 있었어요. 그 화재에 투입됐는데 선박 안은 원래 잘 들어가 보지도 못할뿐더러 들어가면 좀 많이 미로 같아요. 근데 거기서 길을 잃은 거예요. 2인 1조였는데, 너무 어두워서 순간 앞사람을 놓쳤어요. 저희는 공기 호흡기에서 소리 나면 바로 탈출해야 하거든요. (산소가) 얼마 안 남았다는 뜻이니까. 근데 소리는 자꾸 나는데 길을 잃으니까, 오도

가도 못하고 거기서 더 들어가면 더 잃어버리니까 서 있었거든요. 근데 그때 다른 구조대팀이 들어왔어요. 그 순간 '살았다' 하고 뒤에 붙어서 나갔어요. 그때 딱 한 번 진짜 아찔했어요.

보통 2인 1조로 움직이신다고 알고 있는데요.

2인 1조였어요. (다른) 한 명 헬멧에 제가 형광 스카치라고 해야 하나? 어두운 데 불빛 이렇게 터트려지잖아요. 보고 분명히 따라갔는데 너무 어두워서 찰나에 앞사람을 놓쳐버리고 어느 순간 혼자 있더라고요 아마 다른 데 잠깐 들르고 나서 제가 다른 길로 갔겠죠. 그때 경험 삼아 지금은 앞에 잘 보고, 집중해서 다니려고 노력하고 있어요.

화재 진압, 기관, 구급 등 다양한 업무 하고 계신데 어떤 일이 가장 어렵게 느껴지시나요.

해보니까 다 다르게 힘들고 어려워요. 그래도 제일 센 게 있다 하면 구급. 구급이 힘쓰는 것보다는 아무래도 안 좋은 걸 좀 보니까요. 또 사람 죽었을 때가 제일 힘들죠. 저희는 시체가 목을 매고 있으면 그 시체를 들어서 목줄을 빼서 포대 안에 넣거든요. 그런 거 할 때 느낌이라든가. 그리고 심장마비(시체도요.) 심장마비로 쓰러지고 한 2~3일 뒤에 발견되면 다 물러 있거든요. 그 냄새가 진짜 심한데 문을 따야 한다, 그러면 그 문 열면 사람들이 어떻게 죽어 있을까 상상을 하거든요. 진짜 예상한 대로의 모습이 아니란 말이에요. 들어가서 그 시체를 보고 문을 넘어서 앞에 문을 열어줘야 하거든요. 근데 그런 거 보고 나면 마음이 되게 안 좋아요. 혼자 사시는, 고독사도 많거든요. 혼자 살다 가시니까 마음이 안 좋죠. 무섭고, 징그러운 거보다는 그런 게 제일 힘들어요. 마음이.

소방관은 현장에서 문을 부수고 진입하는 경우가 많은가요.

부수는 것도 있고, 살짝 벌려서 잘라가지고 문 열 때도 있고, 어떤 때는 문고리 자체를 다 부술 때도 있고 그때그때 상황마다 달라요. 문고리 딱 따면 구멍이 나 있거든요. 손잡이 동그란 문고리 있잖아요. 그거 따면 구멍이 나 있는데 거기에 드라이버 넣어서 돌리거나, 돌리고 나서 드라이버 꽂아서 돌리면 옆에 있는 게 찰칵, 하고 열려요. 부술 때는 말굽처럼 생긴 망치가 있는데, 나와 있는 문손잡이를 그 망치로 제끼는 거죠. 아니면 큰 일자 드라이버 있거든요. 그걸 꽂아서 망치로 치면 벌어지는데 그때 뜯어내고.

문을 강제 개방할 수 있는 상황이 따로 있나요.

동행한 경찰이 보는 데서 문 개방합니다. 저희가 임의로 따면 다 물어줘야 돼요. 경찰이 무조건 있어야 되거든요.
같이 얘기도 해야 되고. 그런데 사실 경찰 있어도 물어줘야
해요. 절차가 그렇습니다. 경찰이 있는 데서 합의하에 '문을
땁니다' 하고 문을 따야 해요. 저희가 막 급하다고 창문 다
깨고 들어가는 거는 영화에서만 나오는 거예요. 모든 걸 다
물어줄 마음으로 들어가는 분들 잘 없죠. 왜냐하면 자살의
경우 냄새가 진짜 많이 나고 구더기 뚝뚝 떨어지거든요.
밖에서 봤을 때 그 정도여야 들어가는데…. 아무 조짐도
없다면, 이 사람이 단순히 여행 갔다가 안 올 수도 있는
거고. 그럴 때 문을 따버리면 그 집에 사는 사람 입장에서는
다 갈아야 하죠.

근무 중에 가장 화가 날 때는 언제인가요.

화날 때…. 솔직히 말하면 구급 출동 너무 아무것도 아닌 거
걸릴 때. 화난다기보다는 '좀 너무하다.' 왜냐하면 그분들은
잘 모르시겠지만, 본인에게는 심각한 걸 수 있지만 그거
하나 때문에 다른 사람은 정말로 진짜 당장 생사가 왔다
갔다 하고 병원을 가야 하는 순간이 왔는데, 못 갈 수도
있거든요. 그게 조금 너무하다.
한 번씩 진짜 막 쥐난다고 연락하시는 분들도 있어요.
그리고 외로우신 분들, 말동무 필요하니까 119 신고하시고,
술 먹고 병원 가고 싶다 하시는 분들도 있고 술 취해가지고

'집에 데려다 달라' 하시는 분들도 많고.

소방관이 멋진 직업이기도 하지만, 위험한 상황이 걱정되지 않을 순 없을 것 같은데요.

가는 데 순서가 없다고 생각하는데. 하하하. 가는 데 순서가 없지 않나요? 맨날 열심히 운동해도 사고는 한순간이죠. 하지만 저는 오래 살 거라 믿기 때문에 별로 그런 걱정을 안 합니다. 일하면서 위험 요소 엄청 많긴 한데 그런 거 생각 많이 하면 더 불안해져요. 불안한 순간부터 사고가 직결된다는 주의라서 항상 좋은 생각하고 일하고 있습니다.

사고의 유연성이 아닐까요. 저희는 항상 새로운 상황이 펼쳐지고 생각지도 못하는 일들을 갑자기 겪잖아요.

소방관으로서 가장 중요한 덕목은 뭐라고 생각하시나요.

사고의 유연성이 아닐까요. 저희는 항상 새로운 상황이 펼쳐지고 생각지도 못하는 일들을 갑자기 겪잖아요. 그럴 때마다 일관성 있어버리면 지칠 것 같아요. 어떤 때는 대담하게 어떤 때는 세심하고 꼼꼼하게.

소방관으로서 혹은 인간 김지혜로서 최종 목표는 무엇인가요.

저의 동료들, 아주 멀리서 근무하는 얼굴도 모르는 동료 분들도 순직 없이 모두 다 건강하고 별 탈 없이 정년 때까지 근무하셨으면 좋겠어요. 물론 저 또한 건강하게 현장 활동하면서 수백 명, 수천 명의 시민 분들을 더 돕고 살리면서 마지막 정년퇴직 하는 날까지 시민 분들 돕는 소방관으로 잘 마무리하고 싶습니다.

"가장 간절한 순간에
찾는 사람이
119 소방관이니까."

정민선 경상북도 상주 소방서 서성 119안전센터 소방사

소방관이란 직업을 선택하게 된 계기가 있을까요.

초등학교 때부터 축구하고, 고등학교 때까지 체대 입시
준비하면서 운동을 계속했어요. 직접적인 계기는 고등학교
때 학교 화장실 칸 안에 친구가 쓰러져 있었는데 제가
신고했거든요. 저희 학교까지 소방관 분들이 오는데
너무 오래 걸려서 제가 그 친구를 업고 학교 밑까지 한참
뛰어내려갔어요. 병원까지 같이 가고 그 친구 부모님이
울면서 너무 고맙다고 하시고. 그때 '소방관이 이런 일도

하는구나' 생각했어요. 사람들이 가장 위급하고, 간절한 순간에 찾는 게 119이지 않습니까? 내가 그런 일 하면 의미 있는 삶을 살겠다 싶어서 어려서부터 계속 관심 가지고 꿈꿔왔던 거 같아요.

수많은 화재 현장 중 가장 기억에 남는 현장이 있으신가요.

대형 화재가 나서 출동했었는데, 아예 활활, 엄청 크게 아예 활활 타고 있었거든요. 불이 옮겨가고 있으면 보통 인명구조와 연소 확대방지를 우선적으로 하거든요. 그러니까 아직 연소되지 않은 부분부터 연소되고 있는 쪽으로 진입하는데, 그 안에 들어가면 불이 막 굴러다녀요. 벽에 이렇게 노란색, 파란색, 빨간색 불이 공처럼, 폭포처럼 다 굴러다녀요. 그런 걸 보고 있으면 '여기가 지옥인가?' 싶어요.

그때 후임을 데리고 관창 가지고 들어갔는데 구획실마다 문이 있더라고요. 그 문을 열려고 손잡이를 잡았는데, 저희가 방화 장갑을 끼거든요. 그런데도 너무 뜨거워서 손에 불이 붙은 줄 알았어요. 그 순간 당황해서 관창을 가지고 제 손에 물을 막 뿌렸어요. 너무 뜨거우니까. 뒤에서 후임이 "반장님! 너무 뜨겁습니다!" 이래서 "나도 뜨거워! 정신차려" 이랬죠. 그게 제일 기억에 남아요. 그 화재가 좀 컸었거든요. 많이.

혹시 직업병 같은 게 있나요.

있어요. 많죠. 많아요. 일단은 소리에 엄청 예민해요.
왜냐하면 저희는 출동 벨이 울리면 화재, 구조, 구급 상황을
인지하고 출동하거든요. 어떤 음악이 있는데 상황실에서도
보통은 출동벨 소리를 먼저 내고 '화재 출동 화재 출동 어디
어디 이런 상태입니다' 예를 들어 서성펌프 탱크 나가시면
됩니다. 이렇게 얘기를 해주는데 가끔 많이 급박한 경우,
불이 크거나 안에 요구조자가 있다거나 하면 출동 벨보다
먼저 전화 통화를 내보내요. 급하니까. 먼저 인지하고
나가라고. 또 어떤 경우에는 '살려주세요' 이런 거 나올 때도
있고. '지금 여기 어딘데 빨리 와주세요.' 이런 통화 내용이
먼저 나오기도 해요.

그 방송이 저희 소방서 안에 다 나오고 화장실에도 다
나오거든요. 어디에서든 다 듣고 나가야 하니까. 그러면
양치하다가도, 볼일 보다가도 업무 보다가도 바로 움직여서
출동합니다. 안 위험한 현장은 하나도 없는데요, 현장뿐만
아니라 출동 과정에도 계단 내려가거나, 차에 탈 때에도
안전사고가 많이 일어나요. 늘 안전사고에 예민한 것
같아요. 아무래도 자다가도 출동하는 경우도 많다 보니
불면증도 생기고 어디에서든 내가 여기서 나갈 수 있는
확률을 늘 계산하는 것 같아요.

화재 진압뿐 아니라, 운전과 기관 업무도 같이 하고 계신데요.

공부도 많이 했어요. 그냥 방수만 하고 물을 끌어오는 게 다가 아니거든요.

운전 업무를 할 때에는 화재 진압 대원들과 안전하게 현장까지 도착하는 게 첫 임무예요. 출동하다 보면 바퀴가 꽉 들어찰 만큼 좁은 길도 너무나도 많고요. 불법 주차된 차 때문에 통행이 불가능한 경우도 많아요.

또 이 차를 수동 조작도 할 줄 알아야 되거든요. 비상 상황에 조치나 간단한 정비도 할 줄 알아야 돼요. 펌프 차량이 나오면 매뉴얼을 회사에서 주거든요. 그 책을 항상 닳도록 봤어요. 내가 운전하는 차를 알아야 우리 직원들이 안 다치고 방수를 해서 화재 진압하니까. 차가 고장 날 수도 있어요. 근데 조치 방법을 몰라서 불이 활활 타고 있는데 물이 안 나오는 건 상상도 하고 싶지 않아서 노력을 많이 했어요.

일상생활에서 불이 났을 때 가장 빠르게 대처할 수 있는 방법은 뭘까요.

웬만한 곳에 다 소화기 비치돼 있으니까 소화기 쓰는 방법. 그리고 아파트는 옥내 소화전이 화재 초기에 쓰는 소방시설이거든요. 저희가 일반인 대상으로도 교육이나 훈련을 많이 나가는데, 그러면 시민들, 학생들한테 옥내 소화전 사용 방법을 제일 먼저 가르쳐드려요. 화재 초기에 가장 효율적으로 쓸 수 있는 소방시설이에요. 근데 너무 낡은 아파트면 물 안 나오는 경우도 많고 그 기동 방식이 다 다르고 관리도 중요하기 때문에, 내가 사는 아파트나 근무하는 건물에 어디에 위치해 있는지 관심을 가지면 좋을 것 같아요. 근데 잘 모르시더라고요. 저희가 빨리 가서 꺼야죠.

현장에 있는 동안에는 아무도 안 다치고, 아무도 안 죽고, 그냥 오늘도 무사히.

소방관으로서 최종 목표가 있을까요.

최종 목표요? 처음에 임용 때는 막 포부도 강하고 나 좀 잘하고 싶다. 뭐 이런 게 있었는데 제가 근무하다가 큰 교통사고를 한 번 당했거든요. 그거 겪고 나서는 우리 팀 아무도 안 다치고, 나 안 다치고 그냥 무사히. 현장에 있는 동안에는 아무도 안 다치고, 아무도 안 죽고, 그냥 오늘도 무사히. 맨날 그냥 이 생각만 하는 것 같아요.

어떤 상황이었는지 여쭤봐도 될까요.

현장에 나갔다가 고속도로에서 사고가 났어요. 저희
차는 뒤에 물을 싣고 다니는데, 보통 최소 3톤 정도 싣고
다니거든요. 그러면 빗길이나 눈길, 강풍의 영향이나
속력을 내다 보면 차가 많이 흔들려요. 제가 조수석에
탔거든요. 근데 오른쪽으로 방호벽에 박으면서 앞 옆
유리가 다 깨졌어요. 그걸 얼굴에 그대로 맞아서 여기 귀가
다 찢어지고 얼굴에 유리 파편 다 튀고, 다 찢어져서 피가
콸콸 났어요. 구급차로 이송되어서 9바늘 꿰매고, 이석증이
생겼고, 허리를 다쳐서 입원까지 했어요.

처음에는 정신이 없어서 몰랐거든요. 근데 여기 목 뒤가
뜨거워서 뭐 이렇게 뜨겁나? 했어요. (알고 보니) 차 오른쪽
부분이 다 구겨져서, 제 몸도 구겨진 상태에서 귀가 다
찢어져서 피가 엄청 많이 나고 있더라고요. 근데 제일
무서운 게 구급차 기다리는 사이에 뒤에서 누가 박아서
2차 사고 날까 봐 그게 너무 무서웠던 것 같아요. 차가 다
구겨져서 내릴 수도 없었어요. 완전 갓길이고 차가 크니까
문을 열면 바로 그냥 치이는 정도였어서.

입원하고 한 달 정도 쉬었던 것 같아요. 아무래도
트라우마가 생기더라고요. 그래서 팀장님이 저
배려해주시는 마음에 한동안 그 차를 못 타게 했었는데
계속 그렇게 살 순 없으니까 이겨내고, 생각 안 하려고 하고

그랬어요. 그래서 매일매일 '오늘도 아무도 안 다쳤으면 좋겠다' 그런 생각하는 것 같아요.

그럼에도 불구하고 소방관 일을 계속하는 이유는 무엇일까요.

저는 화재 진압 대원이기도 한데 심정지 출동도 많이 나가거든요. 구급차가 관내에 없으면 저희가 먼저 도착해서 처치를 할 때도 많거든요. 그런데 상황이 다 달라요. 어떤 집은 아버지가 돌아가셨는데 한참 뒤에 아는 경우도 있고, 감흥 없는 집도 있고, 어떤 집은 막 세상이 무너진 것처럼 울고 기절하시는 분들도 있고. 화재 진압 가면 노인 분들, 집에서 뭐 갖고 나와야 해서 불났는데 또 들어가셔서 화상 입으신 적도 많고. 불났는지도 모르고 자다가 화상 입은 사람도 있고.

하다 보면 언제 도착해도, 얼마나 빨리 가도, '내가 너무 늦었나'라고 생각하는 것 같아요. 운전 일을 하다 보니까 더 심한 것 같아요. '내가 너무 늦게 왔나. 나 때문에 다쳤나' 이런 생각을 좀 많이 하는데 출동하는 순간에는 '내가 가는 동안에만 아무 일 없었으면 좋겠다. 내가 최대한 빨리 가야겠다' 생각해요. 그래서 제가 좀 빨리 달리는 편이에요. 그분들이 찾는 게 딱 하나잖아요. 119잖아요. 그래서 그거 하나 찾는데 내가 그거 못 하면 되겠나. 해서 소신껏 하고 있어요. 그거 하나 찾는데, 그게 우리 소방서고, 또 우리

팀이고, 나고. 나중에 후회 안 하고 싶어서.

왜냐하면 그 가족들 보면 억장이 무너지거든요. 심정지 출동이나 화재 진압 이후, 귀소해서 들어와서 정리하고 가만히 있다 보면, 밤에 누워 있으면 '내가 늦게 가서 다쳤나. 내가 늦게 가서 죽었나' 하는 생각을 항상 하는 것 같아요.

그리고 가끔 화재 진압을 할 때는 또 다 개인의 재산이다 보니까 빨리 진압해야 재산도 덜 잃고 나중에 보수도 덜하고 돈도 덜 들고 하죠. 이런 문제도 있다 보니까 얼른 가서 물 빨리 내서 방수 빨리 하고 그런 재산을 지키는

(마음이 있어요.) 저희 소방법에 보면 '국민의 생명과 재산을 지킨다' 라는 조항이 있거든요. 그 소신으로 일하는 것 같아요. 지키고 싶어서. 후회 안 하고 싶어서.

그 소신으로 일하는 것 같아요. 지키고 싶어서. 후회 안 하고 싶어서.

너무 대단한 일을 하고 계신 것 같아요.

다 똑같이 하고 있어요. 저만 그런 게 아니에요. 가장 간절한 순간에 찾는 사람이 119 소방관이니까. 최대한 빨리 튀어나가죠.

전국에 있는 모든 소방관 분들이 각자의 사명감을 가지고, 훈련받고 늘 그랬듯 몸이 먼저 움직여 소신껏 근무하고 계세요. 소방관으로서의 삶을 살다 보면 근무하지 않는 날에도 근무하는 날에도 늘 배운 대로, 훈련한 대로, 내가 아는 대로 하거든요. 내가 관할하는 이 구역에 내가 근무하는 동안에는 '아무 일도 없길, 아무도 죽지 않길, 다치지 않길' 기도하며 화재 진압 하고 있습니다. 열심히 더 고생하겠습니다.

"더 악착같이
운동하고
더 살아남아야겠다.
절대 마이너스는
안 되도록."

임현지 충청남도 안전체험관 소방교

소방관이라는 직업을 선택한 계기가 있을까요.

가족의 영향을 많이 받았어요. 아빠가 현직에서 일하고
계셔서 어렸을 때부터 체험도 많이 가다 보니, 자연스럽게
관심이 생겨서 고등학생 때부터 진로를 정했습니다. 아빠가
근무하시면서 시민들한테 도움을 줬을 때 감정들과 남에게
봉사하는 마음에 대해 많이 이야기 해주셨어요. 그런 거에
보람을 느낄 수 있겠다란 생각이 제일 컸어요.
주변에서 '여자가 힘들텐데'라는 소리도 많이 들었고,

173

살아남는 게 쉽지 않을 거란 생각은 들었지만, 결정하는 데 큰 어려움은 없었습니다.

아버지는 현지님이 소방관이 되길 바라셨나요.

아버지의 속마음은 잘 모르겠지만, 어릴 땐 운동을 엄청 시키셨어요. 운동장에 가면 높은 계단이 있었거든요.

거기서 뜀뛰기도 시키시고, 윗몸일으키기 등 맨몸으로
하는 운동을 무조건 해야 한다, 하시면서 체력 기르는 것도
항상 강조하셨어요. '여자라고 안 하면 안 된다' 하면서
기본적으로 체력을 기를 수 있는 방법을 알려주신 것
같아요.

소방관이 되고 나서 아버지가 특별히 해주신 말씀이 있을까요.

소방관이 됐을 때 저희 아버지가 "네가 여자여도 할 수
있어. 남자들이 뭐라 해도, 어떤 상황에서도 그걸 버텨야만
해. 그래야 네가 사회에서도 진정 버틸 수 있는 거야" 라고
하셨어요. 그런 멘탈적인 부분에 대해서는 아버지한테 많이
배운 것 같아요.

아버지뿐만 아니라 남동생, 남편 분도 소방관이라고요.

남동생은 지금 당진소방서 구급대원이고, 아버지는
서울성북소방서 현장대응단 안전점검관 및 특수차량을
담당하셨고, 지금은 퇴직하셨어요.
그리고 남편은 원래 제가 센터에서 계속 막내였는데 1년
만에 후임을 받았어요. 그분이 현재 남편이 된 거죠.

가족들이 모이면 소방 관련 이야기 많이 하시겠어요.

엄청 많이 하죠. 그냥 만나면 일단 소방 얘기. 저희

어머님은 이제 소방 쪽이 아니니까 만나면 또 소방 얘기 나온다고 '나는 빠질란다' 맨날 이러세요. 이게 만나면 어쩔 수 없어요. 근데 안 하려고 해도 조금씩 조금씩 계속 나와요 얘기하다 보면. 근데 엄마도 약간 간접적으로 거의 한 50퍼센트는 소방관이세요. 너무 들은 게 많으셔가지고.

내가 하는 일이 누군가에게 도움이 되었다는 사실에 다시 한번 마음이 벅찬 순간이었어요.

가장 기억에 남는 출동 현장을 꼽는다면요.

천안에서 근무할 때 두정동 인근 호텔에서 화재가 났었어요. 다행히 화재는 잡힌 상태였고 신속하게 실내로 들어가서 인명검색을 실시하고, 호텔 안에 손님들이 있다고 해서 모두 호텔 옥상으로 대피를 유도했어요. 호텔에 있던 많은 사람들이 옥상으로 대피하고, 저희가 착용한 공기 용기 옆에 달린 보조 마스크가 있거든요. 그걸 손님들에게 씌워서 1층까지 안전하게 대피시키고, 다행히 화재 현장에 있던 분들이 모두 안전하게 대피했어요. 근데 그분들이 저희에게 너무 감사하다고 인사를 하시는 거예요. 근데 그때 오히려 제가 더 감사하더라고요. 내가 하는 일이 누군가에게 도움이 되었다는 사실에 다시 한번 마음이 벅찬 순간이었어요.

만약 출동 상황에 화장실에 있거나, 당장 출동하기 어려운 상황이면 어떻게 하나요.

한번은 근무 초반에 제가 씻는 도중에 화재가 걸린 거예요. 정말 다급해서 뭘 할 수가 없고, 젖은 머리 그대로 나갔어요. 저 때문에 지체가 될 수 없기 때문이죠. 그래서 지금은 그냥 간단하게 씻습니다. 그냥 후룩룩 빨리. 그냥 계속 대기 상태에 있는 거죠.

고된 근무 후에도 매일같이 운동을 하는 이유가 있을까요.

체력적으로 '너 왜 그거밖에 못해'라는 소리를 들은 적은 한 번도 없었는데 그냥 제가 못 따라갈까 봐 운동을 계속하는 것 같아요. 비번 때 더 운동하고 제가 보완하려고 하죠. 더 악착같이 운동하고 더 살아남아야겠다. 내가 체력을 더 기르고. 버틸 수 있는 한 최대한 버티고, 절대 마이너스는 안 되도록. 그렇게 노력했던 것 같아요. 지금도 큰 사건 없으면 그다음 날은 꼭 운동하고.

혹시 직업병이 있으신가요.

직업병 있죠. 알람도 약간 사이렌 같은 소리(로 해요.)
또 순간적으로 음식점 벨소리나, 잠깐잠깐 들리는 다른
벨소리에도 움찔움찔 할 때가 있어요. 그래서 저희
아버지는 아직도 음식점에서 벨을 안 누르세요. 종업원
분들이 심장 아프시다고. '여기 사장님' 이렇게 부르고 눈치
봤다가 조금 한가해지면 다시 또 '여기 사장님~!' 그래요.
그리고 제가 내근할 때는 조사팀에 있었거든요. 그럴 때는
시설, 소방 설비 같은 거 그냥 지나가다가도 그런 거 잘
안 돼 있나 이런 거 확인해요. 그다음에 여기 대피로가
어디 있나 이런 거 보고. 특히 노래방은 지하로 안
내려갑니다. 현장에서 위험한 곳 1위가 지하층이거든요.
그래서 웬만하면 지하층은 거의 안 가려고 해요. 가더라도
어디로 나가서 어떻게 나와야 하지, 이런 생각까지는 하고
들어가죠.

소방관이라는 게 멋있기도 하지만 위험한 직업이잖아요. 어떤 마음으로 근무하시나요.

위험에 대한 생각은 저한테는 약간 뒷전인 거 같아요.
물론 정말 위험하죠. 현장에서도 진짜 아차 하는 순간에
사고가 나요. 근데 그것도 제 실수이고 그러다 보니까
최대한 현장 나갔을 때는 정말 철두철미해야 한다. '언제

어디서 어떤 일이 일어날지 모른다'라는 생각으로 일하고 있어요. 매순간 위험이 도사리고 있는 현장이지만 개개인이 아닌 팀원들과 함께 움직이기 때문에 힘이 돼요. 그래서 지금까지 좋은 분들과 끈끈한 협동심으로 안전하게 근무할 수 있었어요.

믿을 수 있는 사람, 마음을 나누는 사람, 작은 부분일 수 있지만 그런 부분이 제일 중요한 것 같아요.

소방관으로서 가장 중요한 덕목은 뭐라고 생각하시나요.

공감과 믿음이요. 여러 가지 상황이 정말 많이 일어나는데 남 일이라 생각하지 않고 항상 저의 상황이라고 많이 이입해서 활동하려고 해요. 공감하기 때문에 손 내밀고, 도움을 줄 수 있는 것 같아요. 우리 가족, 내 주변 사람이라 생각하고, 그들에게 제가 도움이 될 수 있길 늘 바라고 있고요. 믿을 수 있는 사람, 마음을 나누는 사람, 작은 부분일 수 있지만 그런 부분이 제일 중요한 것 같아요.

소방관으로서 혹은 인간 임현지의 최종 목표는 무엇일까요.

나의 가족들, 동료들, 그리고 〈사이렌〉 소방팀 언니들을 포함해 나와 함께했던 모든 분들이 아프지 않고 평생 안전하게 근무하면 좋겠어요. 또한 제가 미래에 꾸릴 가족 또한 소방관 패밀리가 되는 것이요!

5장

스턴트

"내가 좋아하는
걸 하면서
돈을 벌기가
쉬운 일은
아니잖아요."

김경애 스턴트 배우

참여 작품 : 영화 〈블라인드〉〈도둑들〉〈베를린〉〈암살〉〈빵반〉〈스위트홈〉,
드라마 〈환상연가〉〈미스터 선샤인〉〈지리산〉〈시그널〉 등

자기소개 부탁드려요.

안녕하세요. 대한민국 스턴트 우먼 김경애입니다.

지금까지 참여했던 작품 어떤 게 있을까요.

참여한 작품이 많기는 한데, 그래도 사람들이 알 수 있는
거는 영화 〈블라인드〉로 처음 작품했고, 〈도둑들〉〈암살〉
〈베를린〉〈빵반〉〈도어락〉〈부산행〉〈킹덤〉 뭐 그렇습니다.
근데 제가 이런 질문이 항상 좀 꺼려져요. 좀 죄송하고,

미안한? 매체에 노출이 되면 무조건 물어보는 건데 "유명하신 분 누구 대역했어요?" 이게 자랑스럽게 얘기할 수 있는 것도 맞아요. 한 건 맞는데…. 합의하에 얘기한 게 아니잖아요. 예를 들어서 그 배우도 자기가 했다고 해요. 한 건 맞아요. 하지만 편집 과정에서 어떤 걸 쓸지는 연출 감독님과 많은 사람들이 결정하잖아요. 저희도 어떤 그림을 쓸지는 모르는 거고. 그러니까 내가 했다고 할 수도 없고. 이 사람이 했다고 할 수도 없는 것 같아요. 제가 생각할 때는. 그래서 좀 애매해요. 그런 거 얘기할 때 항상 민망하기도 하고 부담스럽기도 하고요. 이게 그 분한테는 어떻게 느껴지실까. TV에서 배우 분들이 '대역 없이 제가 했습니다' 하면 저희들도 약간 그렇거든요. '대역 썼으면서…' 이런 생각을 하는데. 반대로 제가 '그거 대역 제가 했습니다' 하면 그분들한테도 실례라고 생각하죠.

스턴트 종류가 많이 있잖아요. 특별히 자신 있는 부분이 있을까요.

저는 격투기를 했던 사람이라. 싸우는 액션을 좋아해요. 잘하지는 못해요 사실. 좋아해서 제일 편한 것 같아요. 격투기와 액션은 결이 달라서 처음엔 되게 힘들었거든요. 오히려 스턴트가 좋았는데 지금은 액션이 좋아요. 스턴트와 액션이 세분화되어 있는데, 스턴트는 예를 들면 어디에 처박히고, 차에 부딪히고, 떨어지고 이런 것들. 액션은 주먹으로 하는 현대물 액션, 칼로 하는 사극 액션으로 나뉘고. 스턴트적인 것, 액션적인 것. 물 씬도 있고, 차 씬, 오토바이, 와이어도 있고 다 잘하면 좋기는 해요. 현대물이나 사극 액션이 제일 하고 싶고 좋아하는 거고 와이어 타는 건 많이 해서 좋아해요.

격투기는 언제 하신 거예요.

열여덟 살에 체육관을 처음 가서 스물다섯 살 때까지 사범 생활을 했어요. 스물다섯 살에 액션 스쿨을 갔거든요. 스물한 살에서 스물세 살 정도까지 선수 생활을 했어요. 액션 스쿨 가기 전까지 사범하면서 운동하고. 이것도 친구 따라 갔어요. 그 친구 지금 격투기 안 해요. 친구가 운동 배우고 싶어서 격투기 재밌다고 해서 갔어요. 동네 가는 길목이겠거니 하고 갔는데 친구는 다른 관에 간 거야, 그래도 그냥 다녔어요. 한 번도 본 적 없어요. 걔를. 근데 진짜 재밌었어요. 너무 매력 있고.

격투기 매력은 뭐였어요.

그걸 왜 오래 했을까요. 그냥 진짜 재밌어요. 사실은 성인이 되고 일을 하면서 격투기로 돈을 번다는 개념이 없었어요. 경기를 나가야 개런티를 받는데 시합 자체가 너무 없었고, 개런티도 너무 적었고. 몸을 써서 할 수 있는 일을 찾다가 스턴트라는 직업을 이때 처음 알았어요.

몸을 써서 할 수 있는 일을 찾다가 스턴트라는 직업을 이때 처음 알았어요.

격투기와 스턴트가 비슷한 결이었을까요.

그런 것 같아요. 맞는 것도 안 싫어했고, 지금도 아픈 게 많잖아요. 저는 그런 게 솔직히 안 싫어요. 어느 정도. 격투기 할 때도 맞는 게 무섭진 않았어요.

부상을 입는 경우도 많을 것 같은데요.

다행히 수술한 적은 없는데 어깨 회전근 거기 끊어져 있고. 그게 끊어지면 아예 붙지는 않아요. 수술하지 않는 이상. 그리고 이쪽 오른쪽은 다리 내측 인대가 좀 끊어져 있고. 그런데 스턴트 하는 사람 중에 안 아픈 사람 없어요. 다 아파요. 저보다 더 아프고. 그리고 저희가 목 디스크가 거의 다 있어요. 목 쪽은 직업병이에요. 여기저기 다치는 부상은 진짜 다 있어요.

몸이 다쳐도 계속 이 일을 하는 이유는 뭘까요.

할 줄 아는 게 이것밖에 없고. 너무 좋아요. 그런데 저는 아직도 스턴트 하는 게 너무 좋아요. 진짜 좋아요. 저는 재밌어요. 매번 힘들고 매번 위험한 것도 아니고, 액션을 하면서 해소도 되고, 숏 들어가기 전의 무서움, 그런 걸 즐겨요. 그런 아드레날린도 즐기고. 그걸 이겨냈을 때 희열감도 즐기고.

그런데 저는 아직도 스턴트 하는 게 너무 좋아요. 진짜 좋아요.

스턴트 배우 분들 모두, 이 일이 "재미있어서 한다"고 하시더라 고요.

너무 좋아요. 진짜 매력 있고 재밌어요. 오늘은 싸움을 하다가 내일은 물에 빠지는 것도 하고 말도 타고 해외 촬영도 하고 내가 좋아하는 걸 하면서 돈을 벌기가 쉬운

일은 아니잖아요. 복 받았죠. 스턴트 하는 사람들은 대부분
다 자기 직업에 자부심 가지고 있을 거예요.

매일매일 하는 게 다르잖아요. 저는 되게 지루한 걸
싫어하는데 오늘은 경찰 역 했다가 내일은 도둑 역 했다가,
다음 날은 부잣집 여자 옷을 입고, 그다음은 또 그지 같은
옷을 입고 길바닥에 누워가지고 뭘 하고. 그런 것도 좋고.
위험한 거 할 때 떨리는 그런 것도 좋고. 다 좋아요. 그냥 다
좋아요.

불 씬도 해보신 적 있나요.

불 씬은 전신은 안 해보고 부분만. 뭐 팔 부분, 다리 부분.
이렇게만. 이게 되게 아쉬우면서도 참 고마운 게 많이
위험한 건 좀 얄쌍한 남자친구들을 쓰세요. 아무래도
신체적인 능력을 따지면 남자친구들을 선호하시는 것
같아요 감독님들께서. 그게 감사하기도 한데 좀 해보고도
싶어요, 사실은. 그런데 아쉽게도 아직 전신 불 씬은 해보지
못했어요. 아쉽죠. 진짜 아쉽죠. 막상 하라고 하면 진짜
무서운데, 또 해보고 싶고.

엄청 뜨거울 것 같은데, 어떤 식으로 작업을 하나요.

네. 뜨거워요. (웃음) 뜨거워요. 그래서 노하우인 게 저희가
그래요. 따뜻해진다고 느껴지면 신호를 줘라. 바닥을

치거나 손을 올려서 신호를 줘라. 그 사인이 있어요. 그런데
처음에는 약간 고집이 있으니까 더 참아보겠다고 참다가
데인 적도 있고. 참으면 절대 안 되거든요. 온기가 올라온다
싶으면 이제 사인을 줘야 하는데. 참으면 옆에서 소화기
들고 대기하던 사람들이 오는 시간이 있으니까 위험하기도
하고요.

불 씬 할 때는 옷 안에 방화복 같은 걸 입어요. 그리고 그
위에다 또 워터젤을 바르고 밖에다가 의상, 우리가 하는
의상을 입고 그 위에다 또 워터젤 바르고. 위에 복면도

쓰기도 해요. 근데 한겨울에 워터젤 바르잖아요? 죽어요.
바르는 순간 손이 얼어요. 그 상태로 대기하고 있어요.
화상을 안 입으려고 하는 건데 엄청 추워요.

가족들은 경애님이 참여하신 작품을 챙겨 보시나요.

안 보십니다. 제가 한 번도 어떤 작품을 하는지 말한 적
없어요. 잘 있다고만 알려드리면 되지 않을까 생각해서.
어떤 일을 하는지에 대해서는 알지만, "아빠 나 오늘 차에
부딪혀, 나 오늘 절벽에서 굴러떨어져" 이런 얘기는 안
하고 무슨 일을 한다 정도만. 간단하고 쉬운 거 있으면 '말
탔어요' 이렇게 축소해서 얘기하죠. 굳이 얘기는 잘 안 해요.

이 일을 그만두겠다는 생각을 해본 적이 있으신가요.

제가 좋아하는 선배님이 그 얘기를 했어요. 그만두려고
할 때, '너를 보고 가는 동생들이 있다'고 생각하라고요.
니가 여기서 그만두면 걔네들도 그만둬야 될 것 같다는
생각으로 살 거라고. 니가 나이 때문에 그만두는 건 좀 아닌
것 같다고, 그런 얘기를 제가 좋아하는 정진근 선배님이
해주셨어요. (웃음) 스턴트 하는 사람들 진짜 멋있거든요.
저희뿐만 아니라 남자 분들도. 멋있는 사람들이라고
알아줬으면 좋겠어요.

**스턴트 하는 사람들
진짜 멋있거든요.
멋있는 사람들이라고
알아줬으면 좋겠어요.**

스턴트로서 혹은 인간 김경애로서 최종 목표가 있나요.

할 수 있을 때까지 할 수 있는 스턴트는 다 해보고
싶습니다.

"살.아.남.으.면.
스턴트 배우가
됩니다."

하슬기 본스턴트 소속 스턴트 배우
참여 작품 : 드라마 〈순정복서〉〈이연애는 불가항력〉〈환혼〉〈택배기사〉〈군검사 도베르만〉
〈지금 우리 학교는〉〈고요의 바다〉〈미스터 선샤인〉, 영화 〈오케이 마담〉 등

보통 하루 일과가 어떻게 되시나요.

출근하면 계속 운동해요. 매일 좀 다르긴 한데 제가 지금은
새로 들어온 후배들 교육 팀을 하고 있어서 오전 10시에
출근하면 12시까지 운동하고 오전 운동, 단체 운동하고
12시부터 교육을 하는데 교육 1교시 하면, 2교시 체인지
해서 밥 먹고 다시 또 교육하고, 오전에는 구보 뛰고 매트
운동하고 그렇게 지냅니다.

스턴트 배우가 되려면 어떤 과정을 거쳐야 하나요.

저도 액션 스쿨 출신이거든요. 액션 스쿨에서는 6개월 과정을 거치고 테스트를 보고 그다음에 현장을 나가요. 제가 속한 본스턴트 기준으로 하면 4개월 훈련하면서 기본적인 거 하고 그다음에 똑같이 테스트 보고 그다음에 현장 나가면서 현장에서 조금씩 배우면서 해요.

6개월 동안 어떤 과정을 거치나요.

저희 팀 같은 경우는 매일매일 체력 훈련을 하거든요. 촬영을 제외하고는 계속 훈련하면서 액션 훈련, 스턴트 훈련, 차에 부딪히는 것과 와이어도 연습해요. 이렇게 해서 살아남으면. 살.아.남.으.면. 스턴트 배우가 됩니다 살아남으면. 그만두는 친구들이 굉장히 많아요.

보통 어떤 이유로 그만두시나요.

그 친구들 입장에서 생각해보면 힘들어서가 제일 큰 것 같아요. 그러니까 '내가 이걸 할 수 있을까' 아니면 '이걸 6개월 동안 해야 된다고?' 이런 것도 있고 저 같은 경우는 교육할 때 정신력을 중요하게 생각하거든요. 내가 극한에 치달았을 때 거기서 한 단계를 넘어가야 업그레이드가 되는 거라 거기까지 운동적으로 몰아붙이거든요. 그러면 그게 너무 힘들어서 그만둡니다. 운동적인 한계를 이겨내더라도

현장에서 실제로 부딪혀보고, 무섭거나 안되겠다 싶어서
그만두는 친구들도 많고요.

스턴트 배우를 직업으로 선택한 이유가 있을까요.

저는 원래 연극했었거든요. 연극하다가 저희 대학 동기인
스턴트 선배가 갑자기 와서 '연기 좀 해달라' 해서 갔는데
골목길을 뛰는 아주 간단한 장면이었거든요. 근데 미친
듯이 열정적으로 그 한 장면을 찍어내는 스턴트 배우들이
너무 멋있었어요. 그게 멋있어서 꽂혀서 그냥 했는데
재밌어서 계속하게 된 것도 있고요. 또 좋은 스승을
만났어요 거기서. 유미진 선배님이라고. 존경하는
분입니다.

그 선배의 어떤 점을 존경하시나요.

일단 멋있어요. 무섭고 카리스마가 있으신데 그 안에 되게
다정함이 있어요. 그리고 자기 일에 대해서 뭐라고 그러죠?
자부심. 내가 여성으로서 뭔가 깰 수 없는 그곳을 향해서
계속 가는 그런 게 되게 멋있어요. 그런 마인드나 정신력에
반했어요. 과거에는 남녀 차별이 되게 심했다고 알고
있어요. 그래서 여자 무술감독이 없었는데, 그 선배님이
지금은 무술감독을 하고 계시거든요. 멋있어요.

내가 여성으로서
뭔가 깰 수 없는
그곳을 향해서 계속 가는
그런 게 되게 멋있어요.

일을 하면서 가장 행복했던 순간이 있다면요.

그날 일이 뭔가 특별한 액션이나 스턴트를 하고 그런 건
아니었어요. 밤 씬이었는데 막 며칠 밤을 새웠거든요. 며칠
동안 계속되어서 체력적으로나 정신적으로나 너무 지쳐
있었어요. 근데 현장이 다 같이 너무 분위기가 좋았고,
선배들도 너무 재밌으셨고, 이분들이랑 이렇게 호흡 맞춰서
하는 게 너무 재밌었어요.

일 끝나고 한 새벽 3시쯤에 집에 가는데 운전하다가 그냥
곰곰이 생각을 했어요. '재밌네, 재밌구나' 문득 이렇게
생각이 뿅하고 나타났다고 해야 하나? 특별히 무슨 일이
있었던 건 아니거든요. 그냥 이렇게 손발이 묶인 채로 들쳐
매져서 가다가 아스팔트에 버려지는 거였는데. 생각보다
그날 좀 괜찮았어요. 그냥 그런 씬이었는데 갑자기
재밌다고 느꼈어요. 엄청 특별한 이유가 있지는 않았었죠.
그냥 갑자기 세상이 아름다워 보였달까요. 문득 찾아오는

이런 소소한 즐거움들이 저를 더 행복하게 만드는 것
같아요.

운전하다가 그냥
곰곰이 생각을 했어요.
'재밌네, 재밌구나'

**촬영하다 보면 위험한 씬도 많잖아요, 부모님이 반대하진 않으셨
나요.**

부모님은 반대를 하진 않으셨는데 보험을 많이 들어
주시더라고요. 하하하.
걱정은 있는데 초반에는 거의 그냥 '어휴, 어휴' 이러다가,
요즘에는 '멋있다' 하고 주위 사람들한테 자랑을
하시거든요. 지금에서야 괜찮아졌지 초반에는 부모님이
말씀은 안 하셨지만, 제일 많이 걱정하셨던 것 같아요.

다친 적도 있으신가요.

갈비뼈 한 대 부러지고 어깨 인대 살짝 나가고 허리 살짝
다치고 이 정도?

일하실 때 보호 장비는 어떻게 하시나요.

의상이 좀 얇으면 진짜 이렇게 누드브라 같은 거 하고,
그거 아니고 의상이 좀 펑퍼짐 하면 보호대 차고. '아대
가방'이라고. 차에 항상 들고 다녀요 세트로. 등판 앞판 골반
배우들 것까지 다 챙겨서 가지고 다녀요. 현장 가면 다들
하나씩 작은 캐리어 끌고 다니는 분들도 있어요.

어렸을 때부터 운동을 좋아하셨나요.

엄청 좋아했어요. 중학교 1학년 때부터 한 5년 정도
클라이밍 계속했어요. 이게 선수는 선수인데, 막 그때
클라이밍이 성행하던 때가 아니어서…. 도 대회에 나가긴
했는데. 여성 클라이머들이 지방에 그렇게 많지 않았어서
민망하네요. 오래 하긴 했어요.
그리고 고등학교 때 무술 동아리를 접하게 돼서 거기서
경호원이 되고 싶다. 막 이러면서 운동을 3년 동안 되게
열심히 했는데, 갑자기 연극한다고 서울로 도망을 왔죠.
그렇게 여기까지 왔네요.

반면에 현장에서 좀 아쉬운 점이 있다면요.

제가 예전부터 계속했던 생각인데 스턴트 우먼이 솔직히
근력 같은 걸로는 남자보다 부족한 건 사실이에요. 근데
액션적으로 뛰어난 부분도 분명히 있다고 생각해요. 근데

현장에 가면 위험한 걸 잘 안 시키세요. 그러니까 무조건
여자가 해야만 하는 상황이 아니면 웬만하면, 가능하다면,
남자를 시키는 경우가 좀 있어요.
솔직히 체력은 저희 팀에 있는 막내 애들보다는 제가 좋은
것 같은데… 차 씬 같은 경우는 남자 선배들이 거의 다
하시고요. 진짜 섬세하고 부드럽고 뭔가 좀 태가 나와야
하는 건 여자가 해요. 남자한테 안 나오는 그런 태가
있으니까 좀 구분돼 있어요. 점점 개선되고는 있는데
아직은 아쉽죠.

최근에 가장 만족스러웠던 작업은 무엇이었나요.

어떤 씬을 하나씩 해낼 때마다 만족을 느끼긴 하는데 그
만족이 선배들이나 감독님들이 '괜찮아?' 하고 달려올 때
그때가 진짜예요.

얼마 전에 자동차 씬 찍었을 때 비가 와서 미끄러우니까,
가다가 그냥 싹 굴러야 되는데 끽 하는 거에 미끄러졌어요.
손을 짚긴 짚었는데 그대로 머리를 박았거든요. 손을
짚었는데 미끄러져서 얼굴을 확 박은 거예요. 한 1초
기절한 것 같아요. 근데 선배들이 괜찮냐고 막 달려오는데,
저 진짜 괜찮았거든요, 약간 띵한 것 빼고 스크래치도
하나도 안 나고요. 근데 괜찮아? 하면서 달려오시니까 약간
뿌듯하더라고요. 진짜, 진짜 세게 박았다고. 감독님이 와서
'괜찮아, 잘했다'고 하시는데 '하나 했다. 하나 보여줬다'
그런 기분이었어요.

스턴트만이 가지는 특별한 매력이 있을까요.

현장에서 제가 느끼기에는 액션을 하면서 배우가 못하는
것, 아니면 배우의 그림자 역할이라고 생각할 수도 있지만,
열심히 해서 영상이 나온 걸 보면 '멋있다 내가 뭐 하나
해냈구나. 내가 장면을 만들었구나!' 그 자체에 그냥
재밌음을 느끼는 것 같아요. 스턴트도 하기 전엔 무섭긴
한데, 하고 나면 약간 뿌듯함? 생각보다 그 짜릿함에서

오는 '내가 한 단계를 더 성장했다'라는 느낌을 계속 받는 것 같아요. 하나씩 하나씩 액션을 할 때마다 그게 좀 매력이지 않을까?

스턴트 배우로서 혹은 인간 하슬기로서 최종 목표가 있을까요.

스턴트 배우로서 지금은 이 일을 오랫동안, 계속 잘하는 사람이 되고 싶어요. 이 세계에서 무술지도와 감독을 거치며 시간이 흘러도 액션을 잘 만드는 사람으로 오래 있고 싶고, 후배들도 더 큰 미래를 꿈꿀 수 있는 그런 길을 잘 닦아놓고 싶다는 생각을 해요. 그리고 더불어 인간 하슬기로는 나의 존엄성과 가치를 잃지 않고, '나'라는 사람으로 오롯이 존재할 수 있는 멋있는 사람으로 성장하고 싶어요.

"해보면 재밌는 일.
해보면 할 수 있는
일이 돼요."

조혜경 본스턴트 소속 스턴트 배우

참여 작품 : 드라마 〈구경이〉 〈해치〉 〈나를 찾아줘〉 〈더킹:영원의 군주〉
〈스물다섯 스물하나〉 〈경찰수업〉 〈악마판사〉 〈킹덤〉 등

스턴트 배우로 일하게 된 계기가 궁금해요.

원래 액션이 하고 싶어서 액션배우가 되고 싶었어요.
그래서 연극영화과 준비하려고 연기학원을 다니다 보니까
뭔가 '이게 내가 하고 싶은 게 맞는 건가' 싶은 생각이
들었어요. 그런 고민이 들어가지고 '그냥 원래 하고 싶었던
때로 다시 돌아가보자' 해서 액션학원을 알아봤어요. 그때
제가 지원했던 회사(서울 액션 스쿨)가 딱 그 면접 지원서류
마감이 일주일 남았었어요. 일주일, 짧지만 깊이 고민하고

지원했고, 그렇게 배우게 됐어요.

배워보니 잘 맞으셨나요.

이틀 만에 그만두려고 했어요. 진짜 너무 힘들어요, 너무
너무. 어떻게 말로 표현을 할 수가 없을 정도로. 제가
고등학교 졸업하고 바로 갔으니까 고등학교에서도 웬만한
남자애들보다 운동을 잘했었고, 여자애들 중에서는 항상
1등이었거든요. 근데 진짜 그런 운동을 처음 해보기도
했었고, 사실 제 정신력도 너무 어렸었던 것 같아요. 항상
예쁨만 받았었다 보니까.

정말 그냥 진짜 혹독했어요. 그래서 여기는 제가 있을 곳이
아닌 것 같다, 라는 생각이 들었어요. 그래서 도망가야겠다.
무조건 도망가자 생각했어요. 첫날 구보 뛰었을 때는 정말
너무 힘들어서 완주를 생각도 못할 정도로 뛰었고 제가 그
이틀 후에 그만두려고 마음먹었고 4킬로미터를 뛸 때는
빨리 가서 그만둔다고 말해야겠다는 생각으로 완주를
했어요. 중간에 말 못하니까.

빨리 가서 말해야지, 그 생각으로 완주했어요. 바로
달려가서 제가 있을 곳이 아닌 거 같다고. 제가 아직 준비가
안 된 것 같다고, 말하려고요. 어떻게 보면 처음에 액션
스쿨 들어갈 때, 대학 입시를 포기하고, 액션 스쿨 교육
과정이 6개월이었으니까 아예 1년을 버릴 생각을 하고

지원한 거였거든요. 그걸 그만두는 게 쉬운 결정은 솔직히 아니었는데 남들한테 피해 줄 것 같아서. 거기 있으면 제가 분위기를 망칠 것 같아서 고민했었어요.

근데 어떻게 다시 마음을 잡으신 거예요.

그 말을 할 때 숨이 굉장히 가빴었어요. 원래는 구보 끝나고 돌아오자마자 팔 벌려 뛰기를 50회에서 100회 정도 시키거든요. 근데 아무리 생각해도 나 그만둘 건데 이것까지 못하겠는 거예요. 그래서 도착하자마자 당시 교육 팀장님에게 가서 말했죠. 제가 피해를 끼칠 것 같다. 나중에 몸 컨디션을 갖춘 다음에 다시 도전을 하겠다. 저는 나이가 어리니까 다시 도전해보겠다. 지금 준비가 정말 너무 안 된 것 같다, 라고 했더니 그 팀장님이 '너 가서 하늘을 보면서 숨 쉬기를 일단 해봐. 숨을 일단 골라봐' 하셨어요. 그러고 나니 숨이 돌아왔어요. 그 순간 갑자기 너무 아까운 거예요. 못 나가겠는 거예요. 진짜 딱 그랬어요. 숨이 엄청 가쁜 와중에 '나 도망가야 돼, 나 도망가야 돼' 이런 생각이었다가 진정이 되고 나니까 더 할 수 있을 것 같은 용기가 생겼어요. 이 순간 잠깐 힘들다고 제가 그만둘 생각을 했던 거였죠. 다른 거 더 할 수 있는데, 조금만 정신 차리면 할 수 있는데.
저도 되게 단순한 게 '이렇게 그만두는 건 안 되겠다,

아깝다' 생각이 들었어요. 그래서 또다시 '팀장님 죄송한데
저 조금만 더 해보고 싶습니다'라고 말했어요. 그렇게 다시
합류했어요. 그때부터 생각이 바뀌었죠.

진정이 되고 나니까
더 할 수 있을 것 같은
용기가 생겼어요.

그때 그만두지 않은 것, 후회한 적은 없나요.

진짜 저는 운이었다고 생각해요. 그 타이밍에 그 생각을 한
것도, 그 타이밍에 그 액션학원을 찾아간 것도. 그리고 그
타이밍이 딱 일주일 면접 남았던 시점이었던 것도. 평생
운을 거기에 다 썼다고 생각해요. 진짜 운이 좋은 케이스죠.
선배님들도 저한테 그런 말을 하거든요. 나는 이쪽 일을
늦게 시작한 걸 조금 후회한다. 조금만 더 일찍 알았으면,
나도 너처럼 그렇게 빨리 시작했으면 얼마나 좋았을까,
하면서 너는 운이 좋은 거라고. 제가 이쪽 일을 일찍
선택해서 좋아하면서 하고 있으니까요. 저 스스로도 운이
좋은 사람이라고 생각해요.

스턴트에 다양한 종류가 있잖아요. 가장 재미있는 건 어떤 거예요.

주먹 지르기는 기본 서비스 느낌이고, 저는 발차기요.
좋아하고 재밌더라고요. 사실 액션 씬은 저한테는 제일
쉬워요. 액션이 저희가 아무래도 메인이다 보니까 싸우는
액션 이런 것들은 제일 쉽고요. 제가 제일 긴장을 많이
하는 씬은, 차에 부딪히는 것. 자동차 씬은 사실 조금 많이
위험해요. 운전해주시는 분이랑 달려가는 사람이랑 호흡이
맞아야 하기 때문에 제일 어려운 것 같아요. 긴장감도 많이
있고.

일하면서 가장 행복했던 순간은 언제인가요.

회사 액션 스쿨에 있었을 때 전지현 선배님 메인 대역을
하셨던 분이 계셨어요. 바로 김경애 선배님. 제가 정말
존경하는 분이에요. 그 당시에 경애 선배님이 저한테 그런
말을 해주셨어요. "야 네가 나보다 나은 것 같다" 그 말을
들었던 게 3년 차 때였거든요. "나는 3년 차 때 너 3년 차
때처럼 그렇게 못 했어. 앞으로 더 잘할 수 있겠네" 하면서
저를 기대할 수 있게 하는 말들을 너무 많이 해주셨어요.
그때가 너무 행복했었죠. 너무 좋았어요.
경애 선배는 제 우상이에요. 제 롤모델이고. 제가 처음
스턴트 배우를 만난 게 경애 선배였어요. 우연히 경애 선배
운동하는 걸 봤는데 남자들이 멋있게 가볍게 해도 경애

선배밖에 안 보였어요. 경애 선배가 더 멋있고, 웬만한 남자들보다 잘했어요. 그래서 더 와닿았는데 정식으로 회사 직원이 되고 경애 선배를 보는데 그분은 제일 먼저 출근해서 제일 먼저 뛰러 가요. 그리고 줄넘기를 해요. 제가 생각하는 경애 선배 모습은 항상 땀 흘리고 계시는 모습. 그리고 웃고 계시는 모습.

자기 운동시간을 다 충족하고 나면 본인 성격으로 돌아오는데 그 갭이 커서 인간적인 느낌이라 더 좋았고, 귀여운 아기? 철부지? 같은 느낌이었어요. 그 나이에 맞지 않은 순수함을 가지고 계셨거든요. 닮고 싶은 언니? 아직까지도 그런 마음은 변하지 않아요. 내 서른 살 중반도 저런 스턴트 우먼이고 싶다. 저렇게 기억되고 싶다. 그런 생각을 해요.

내 한계에 부딪혀보고, 이겨내는 재미가 있는 직업이라고 생각해요.

스턴트 배우를 꿈꾸는 사람들에게 해주고 싶은 말이 있다면요.

스턴트 우먼이 아무나 할 수 있는 일은 아닌데, 해보면

재밌는 일. 해보면 할 수 있는 일이 돼요. 그 안에서
찾아가는 재미도 있는 직업이고, 내 한계에 부딪혀보고,
이겨내는 재미가 있는 직업이라고 생각해요. 스트레스도
정말 많이 풀려요. 때릴 때나 뭔가를 해냈을 때. 그 누구도
하지 못할 일을 해낼 때, 보여줬을 때 스트레스도 확
풀리고.

일하면서 가장 뿌듯한 순간은 언제인가요.

'이걸 할 수 있을까' 했는데, '컷 오케이'가 났을 때. 한참
걸리는 '오케이'가 있고, 정말 업 돼서, 그림이 좋아서,
끝나자마자 '오케이!!' 하는 경우가 있는데 그 오케이를
받았을 때. 덩달아 '보여줬다'라는 느낌이거든요. 그럴 때가
제일 좋고 행복해요.

스턴트 배우로서 또는 인간 조혜경의 최종 목표는 무엇일까요.

여자 액션이 메인이 되는 작품을 만나 그동안 배워온
모든 것들을 후회 없이 뿜어내고 싶어요. 몇 년 동안 많은
작품들을 만나면서 액션, 스턴트 다양하게 경험해봤지만
작품이 끝나고 속이 후련한 적은 없었어요. 아주 가끔
나오는 액션 씬에만 참여해서 그런 느낌을 받았던 것
같아요. 이 일을 그만두기 전에는 꼭 만나보고 싶습니다.
제 분야인 스턴트와 액션을 마음껏 다 보여드릴 수 있는,

시작부터 끝까지 내가 함께했음을 온전히 느낄 수 있는
그런 작품이요.

"레디 하는 순간
표정이…
제가 고소공포증
있다는 걸
아무도 모르세요."

이서영 서울 액션 스쿨 소속 스턴트 배우

참여 작품 : 영화 〈백두산〉〈반도〉〈서울대작전〉 드라마 〈작은아씨들〉〈열혈사제〉
〈녹두꽃〉〈아스달연대기〉〈경이로운 소문〉〈지옥〉 등

어떤 계기로 스턴트 배우를 꿈꾸게 되었나요.

제가 원래는 되게 소극적이었어요. 엄청 소극적이어서
엄마가 좀 활발해지라고 '넌 좀 외향적으로 바뀔 필요성이
있어' 하면서 보냈던 게 연기학원이었어요. 그때 처음
연기를 접하면서 '재밌네. 배우가 한번 돼봐야겠다'
생각했어요.
저는 초등학생 때부터 운동을 쉬지 않고 꾸준히
해왔거든요. 그래서 그냥 배우보다도 일단은 액션이 되는

배우가 되고 싶어서 서울 액션 스쿨에 지원했어요. 근데 배우보다도 더 재미있더라고요. 그래서 내가 갈 길은 이건가라는 생각이 들어서 진로를 딱 정했죠.

스턴트 배우라는 직업이 본인에게 잘 맞는 것 같은가요.

스턴트라고 하면은 그냥 대역만 생각을 하시는데 저희가 직접 와이어도 달고 설치하고 그리고 안전도 봐드리는데 이제 설치하려면 높은 데로 올라가잖아요. 전 그러면 일단 선배님이 시키는 거니까 아무 생각 없이 막 일단 급하게 해요. 그러고 나서 '끝났다. 내려와' 하면, '네 알겠습니다' 하고 내려오려고 뒤도는 순간 그때부터 갑자기 다리가 후들후들해요.

저희는 높은 데서 떨어지는 것도 많이 하거든요. 지금도 여전히 무섭죠. 근데 왜인지는 모르겠는데 저는 그게 있어요. 레디 하는 순간 갑자기 그 두려움이 싹 사라져요. 그게 왜인지 모르겠어요. 그냥 막 무섭다가도 자, 레디 하는 순간 표정이… 저는 제가 어떻게 변하는지 모르겠지만 선배님들도 제가 고소공포증 있는 걸 아무도 모르세요. 제가 운동 신경 없다고 얘기하면 다들 "거울을 봐, 니가 하는 걸 봐" 이런 식으로 하고, 선배님한테 '너무 연약한 것 같습니다' 하면 똑같은 말을 합니다. 거울을 보라고. 그리고 "너 때문에 후배들이 다 독해졌잖아" 이런 얘기들을 많이

하시고… 그러더라고요. 제가 느끼기에는 운동 신경도
없고 고소공포증도 있고 내가 이 일을 잘 하는 건가 싶은데
남들이 봤을 때는 천직이라고 다들 말씀하시더라고요.

**스턴트에는 다양한 영역이 있는데, 가장 자신 있는 부분이 있을
까요.**

저는 일단 스턴트적인 걸 좀 잘하는 것 같아요. 그러니까
싸우는 대역도 있지만 이제 어딘가에 처박히든가,
굴러떨어진다든가, 아니면 높은 데서 그냥 턱
떨어진다든가, 이런 거에 좀 강한 것 같아요. 그 이유가
제가 텀블링, 기계 체조 같은 걸 되게 좋아하거든요. 그런
걸 하다 보니까 자연스럽게 스턴트적인 걸 잘하게 된 것
같아요.

일하다가 다친 적도 있으신가요.

작품 할 때 하우스턴이라는 동작을 하다가 무릎 착지를
잘못했어요. 몸속에서 뚜둑 소리가 나고 너무 아파서
주저앉았죠. 그렇게 주저앉아 있는데 누군가 "야 너
괜찮아? 일어나 봐" 하는 소리에 "네, 괜찮습니다" 하면서
웃으면서 갔어요. 왜 그랬는지 모르겠어요. 저한테는
직업에 대한 그런 게 있나 봐요. 난 아파도 티 내면 안 되고
무서워도 티 내면 안 되고 힘들어도 티 내면 안 되고. 그런

게 있는지 '웃으면서 괜찮습니다' 하고 병원 갔죠. 그래서
별명이 '독한 년'이 됐어요.

일하면서 가장 힘들었던 순간은 언제인가요.

아무래도 촬영을 못 나갈 때? 제 실력이 부족해서 촬영을
못 나가면 제가 열심히 하면 되는데, 저희는 몸을 쓰는
직업이다 보니 다쳐서 반년 넘게 쉴 때 너무 힘들었죠. 영화
준비하다가 무릎 전방 십자인대가 완파가 됐거든요. 근데
지금은 재활을 잘해서 너무 튼튼해서 오히려 다른 쪽이 안
좋은 느낌이에요.

하루 일과를 한번 얘기해주실 수 있나요.

저희는 일단 10시까지 출근해요. 출근하자마자 몸을 풀고, 구보를 4킬로미터 뛰고. 그러고 선배님들이 콘티 작업 하거나 아니면 배우 분들이 오면 트레이닝을 해요. 그런 게 아니면 보통 개인 운동을 해요. 최근에는 제가 강사가 돼서 새로 들어오는 기수 친구들을 교육하는데 그전까지는 후배들이랑 같이 운동을 계속했죠. 매트 펴놓고 구르기 하고 다찌마리라고. 합을 맞춰서 이제 일대일로도 싸우고 일대다수로도 싸우고 그리고 저희끼리 그냥 찍어본 다음에 코멘트 하고.

회사에서의 일과 후 어떻게 시간을 보내시나요.

10시부터 5시까지가 저희 일과 시간이거든요. 그러면 저는 일과 끝나면 간단하게 밥 먹고 또 운동을 하러 가요. 진짜 딱 개인적인 시간인데 안 어울리겠지만 폴 댄스. 그리고 주말 같을 때는 프리다이빙이나 승마하고. 그리고 참, 피겨도 했었어요.

작품 때문에 여러 가지 운동을 배우시는 건가요.

일하면 어쨌든 스트레스를 받을 거 아니에요. 그걸 다른 새로운 운동으로 풀어요. 작품 때문에 배우는 거 아니고 '내돈내산.' 제 돈을 내고 제 시간을 투자해서 배우고. 액션

할 때는 합을 맞추잖아요. 주먹질을 하는데 그러다가 이게 좀 부족하네. 싶으면 또 복싱장 가서 복싱하고. '내돈내산…' 돈을 너무 많이 쓰네요. 생각해 보니까.

스턴트 배우에게 가장 필요한 마음가짐이 있다면 무엇일까요.

아무래도 배우 분들이 못하는 동작들을 저희가 해야 하니까 항상 자신감은 있어야 하죠. 저희가 이거 어떻게 하지, 이거 너무 무서울 것 같은데 이래 버리면 저는 돈을 받을 자격도 없고 프로도 아닌 거니까. 일단 되든 안 되든 '네 됩니다' 한 다음 일단 부딪히고 나서 '되네' 하죠. 저희는.

그리고 '깡따구'지 않을까요? 어떤 일이든 깡따구 없이는 안 되는데 안 해본 일에 겁먹는 사람들도 있지만, 저희는 현장 갈 때마다 새로운 일이거든요.

스턴트 배우로서 혹은 인간 이서영으로서 최종 목표가 있을까요.

최근 외국 작품을 했어요. 문화가 다르고 생활이 달라 많은 걸 경험하고 왔는데요, 그 과정에서 많은 걸 느꼈어요. 여태 한국에만 있다 보니 한국 사람들이 인정하는 존재가 되고 싶었다면, 이번에 중국을 한번 다녀오면서 한국이 아닌, 다른 나라에서도 찾아주는 사람이 되고 싶어졌어요. 어딜 가든 기 안 죽고 잘 이겨낼 자신이 생겼거든요.

저는 이 세상 모두가
행복했으면 좋겠어요.
진심으로요.

마지막으로 하고 싶은 말이 있다면요.

어떤 선택의 기로에 섰을 때 신중하게 고민하고 결정했다면
뒤돌아보지 말고 달려 나가시라고 말씀 드리고 싶어요.
저는 9년 동안 연기자 생활을 하다가 스턴트로 전향
했어요. 남들이 보기엔 '결국엔 같은 계통이잖아'라고
생각할 수 있는데 분명히 다르거든요. 그래서 주변의
반대가 컸고, 스트레스도 심해서 대화는 물론이고 노래도
듣기 힘들었어요. 9년이란 시간이 아깝기도 했고, 조금만
더 버텨볼까, 고민도 했고요.
하지만 스턴트를 선택하고 연기와는 단절하고, 가끔
연기를 시키실 때는 스트레스를 받을 정도로 스턴트만
보고 달렸더니 지금 여기까지 오게 됐어요. 무엇을
선택하든 후회하지 않고 밀어 붙이시길. 만약에 후회할
것 같으면 하지 않는 게 좋아요. 결국 돌아가게 되거든요.
모두 힘내셨으면 좋겠고, 저는 이 세상 모두가 행복했으면
좋겠어요. 진심으로요.

6장

운동

"안 되는 것도 있겠죠.
하지만 아직 안 해본
거잖아요. 그러니까
안 된다고 생각하지
않는 것 같아요."

카바디는 어떤 종목인가요.

단체 격투운동이라고 생각하면 돼요.

몇 명이서 어떻게 시합이 진행 되나요.

7명이 하는 실내 운동이고요. 수비 진영에서 한 명의
공격자가 들어가면 공격이 시작돼요. 반대로 상대는
수비가 시작되죠. 공격수 몸에 닿기만 해도 득점하는 그런
경기예요.

카바디 경기를 보면 선수들끼리 손을 잡고 있던데 그것도 규칙인 가요.

손을 잡는 게 규칙엔 없어요. 유리하다고 생각해서 다들 잡고 하는 건데 그것도 선수들만의 방식이 있어요. 선수들끼리 합을 맞춰서 이렇게 쥐었다가, 저렇게 쥐었다 해요. 그걸 체인캐치라고 하거든요. 안정적이고 안 풀리는 방식을 찾아요. 손 생김새가 다르다 보니깐 쥐어보면서 맞춰가고요. 어쩔 때는 제가 수비 타이밍을 혼자서 봤으면 팔목 놔버리고 가버리기도 하고, 신호 주기도 해요. 손을 잡고 있다가 한 번 누르면 오는 걸 잡자. 그러다가 상황이 안 되면 손가락으로 지우기도 해요.

손을 잡음으로써 약간 '그래 괜히 아까 화를 냈나' 이런 생각을 하게 되는 게 있어요.

격투운동인데 손잡고 경기를 하는 게 좀 인간적인 부분이 있는 것 같아요.

운동하다 보면 화가 날 때도 있고 의견 충돌이 생길 때도

있는데 손을 잡음으로써 약간 '그래 괜히 아까 화를 냈나'
이런 생각을 하게 되는 게 있어요. '그래 사람 사는 거 다
그렇지' 이러면서.

원래 부산 출신이신가요.

아니요. 전 진해. 대학교 때문에 왔거든요.

카바디 팀이 있어서 부산으로 오신 건가요.

아니요. 저 그때까지만 해도 배구를 했었고 체대를
갔거든요. 체대를 갔는데 카바디라는 게 있고, 곧 시합이
있다고 하더라고요. 학점을 또 잘 준대요. 그래서
체대생들끼리 모아서 나가보자 해서 나갔는데 2등을 해서,
그때부터 본격적으로 시작했죠. 할수록 재미있더라고요.

카바디의 어떤 점이 재미있었나요.

처음에는 잘 할 줄 모르니까 재미라는 걸 모르고 그냥
하다가 시합을 한 번씩 나가니까 실력이 느는 게 보이는
거예요. 처음에는 우리가 봐도 엉성하고 못했는데 점점
잘하는 게 보였어요. 그러다 국제 시합을 나갔는데 잘
훈련된 외국 선수들이랑 붙으니까 또 발전할 수 있는
부분들이 보이더라고요. 이렇게 단계적으로 재미가
커졌어요. 단체 운동의 매력도 있는 것 같고 제가 실수해도

옆에서 커버가 되잖아요. 그런 점이 끌렸던 것 같아요.

지금 대표팀에서 경력으로 치면 몇 번째이신가요.

두세 번째예요. 제가 11년 차고 밑으로 열 명 정도 있어요.

카바디가 인기 종목은 아니잖아요. 그만두고 싶었던 적은 없으신가요.

인기 종목, 비인기 종목 나뉘는 거 자체가 서럽죠. 비인기가
되고 싶어서 된 게 아니니깐. 카바디를 사람들한테 설명을
해도 모르고 부모님한테도 설명을 못 드리니깐. 또 시합을
나가면 응원해주는 사람이 없거든요. 찾아와주시지
않으세요. 우리도 다른 종목처럼 국민들의 응원받으면서
하고 싶은데 그게 어려우니까 가끔 서럽죠.

부모님이 반대하지는 않으셨나요.

반대하셨죠. 일단 무슨 종목인지 모르시니까 엄마는
처음에 주위 사람들한테 저 뭐 한다고 말도 안 하셨어요.
그냥 '체대 다니고 있다' 그렇게 말하고 다녀서 저는 진짜
서운했었거든요. 엄마는 어떻게 딸이 국가대표 선수를
하는데 모른다고 할 수가 있냐고 막 다그쳤는데 이제는
웃으면서 하는 얘기죠. 성적을 조금씩 내면서 방송에도
나오고 하니까 지금은 뿌듯해하세요. 옛날에 인도로

전지훈련 가기 전에 연습하다가 부딪혀서 눈에 멍이
들었거든요. 그거 보고 엄마는 아직까지 시합장에 잘 못
들어오세요. 아빠는 전략 분석하면서 '네가 이렇게 하면 안
되고' 이러시고, 엄마는 밖에서 마음 졸이고 있고 그래요.
투기 종목이라 다치고 이러니까.

주위에서 뿌듯해해주는 게 기쁜 것 같아요. 아직 이 운동을 많이 좋아하는 것 같아요.

부모님의 반대에도 불구하고 카바디를 계속한 이유는 무엇일까요.

재밌어요. 너무 재밌고 좀만 더 하면 될 것 같은데 이런
거 있잖아요. 제가 선구자까진 아니지만 이 종목이 계속
잘됐으면 좋겠어요. 하면서 느는 것도 보이고 한국을
대표해서 좋은 성적을 받아오거나 하면 뿌듯하고 주위에서
뿌듯해해주는 게 기쁜 것 같아요. 아직 이 운동을 많이
좋아하는 것 같아요.

카바디 국가대표도 진천 선수촌에서 훈련하나요.

아니요. 촌외 훈련을 하는 종목도 많거든요. 모든 종목이
다 들어가서 하진 않아요. 저희가 들어가면 카바디를
보급할 사람이 아무도 없는 거예요. 저희는 밖에서
훈련하면서 계속 강습회도 다니고 카바디를 일단 많이
알려야 하니까 그런 이유로 촌외 훈련을 하고, 저희 종목이
정가맹단체에서 준가맹단체로 내려가서 선수촌에는 아직
들어가지 못하고 있어요.

카바디 보급 때문에 촌외 훈련을 한다는 건 처음 들었는데요. 그런 생활이 좀 익숙해지신 건가요.

이런 거에 차차 적응했던 것 같아요. 초중고 대학 시합이 열리면 그냥 저희가 가서 매트 까는 게 당연하거든요. 우리가 하지 않으면 아무도 안 하니까. 다른 종목들은 세팅이 다 되어 있는데 저희는 그런 것부터 그냥 익숙했어요. 그래서 애들이 훈련하는 것 자체에 되게 감사하게 생각해요.

라이벌이 있나요.

인도, 이란이 카바디 강국이고 그다음에 한국, 태국, 일본, 대만 이런 순인데 저희가 이란도 이긴 적 있어요. 그래서 자꾸 희망을 갖는 거 같아요.

인도나 이란이 카바디 강국인 이유가 있나요.

카바디가 우리나라 태권도처럼 주종목이니까 리그도 있고 시합도 엄청 많아요. 아기들이 카바디를 할 정도니까. 인프라가 잘 형성되어 있죠.

승부욕이 센 편이신가요.

센 편이에요. 가위바위보에서 지는 것도 싫어하고 내기할 때 지는 건 물론이고, 지는 거 자체를 싫어해요.

지면 어떻게 하나요.

계속 그 생각밖에 안 나요. 저도 승부욕을 낮추고 싶은데 본성인가 봐요.

운동 루틴 얘기해주실 수 있나요.

새벽 5시 20분쯤에 일어나서 40분까지 준비해서 나가요. 훈련 장소까지 또 뛰어가요 조깅해서. 도착해서 1시간에서 1시간 반 정도 체력 훈련을 해요. 언덕 대쉬를 하거나 인터벌 운동으로 순간적인 속도 내는 운동 위주로 해요. 목마 태워서 달리고 안아서 달리고.

목마는 왜 태우는 거예요.

근력 훈련, 코어 훈련인 거죠. 코어 훈련 여러 가지 해요. 팔 굽혀 펴기도 하고 이런 걸 이제 하루하루 다르게 계속.

팔 굽혀 펴기는 몇 개 하세요.

몇 개까지 하는지는 안 세봤는데 보통 20개씩 5세트 이런 식으로 주어지면 그냥 계속해요.

한 손으로 팔 굽혀 펴기도 하시나요.

안 해봤어요. 연습해보면 하지 않을까요?

**안 되는 것도 있겠죠.
하지만 아직 안 해본 거잖아요.
그러니까 안 된다고
생각하지 않아요.**

안 되는 게 없으신가요.

안 되는 것도 있겠죠. 하지만 아직 안 해본 거잖아요.
그러니까 안 된다고 생각하지 않아요.

카바디 선수로서의 목표는 무엇인가요.

카바디 남자 국가대표팀은 아시안게임 은메달까지
땄거든요. 여자팀도 될 것 같은데 자꾸 안 되니까 아직까지
못 놓고 있는 것 같아요. 그래서 단기적으로는 메달을
꼭 목에 걸고 싶고요. 솔직히 여자도 프로가 생겼으면
좋겠어요. 프로가 생겨서 저도 프로팀에서 한번 뛰어보고
싶어요. 그리고 나서는 코치나 지도자로 나아가고 싶어요.

"어제보다는
더 열심히 해야 하고
더 힘들어야 하고"

김성연 전 유도 국가대표

수상 경력 얘기해주실 수 있나요.

2013년 세계선수권대회에서 동메달, 2014년 인천아시안
게임 금메달, 유니버셜 아시안게임에서 은메달, 2016년
리우올림픽 출전, 자카르타 아시안게임에서 금메달,
도쿄올림픽 출전 그리고 은퇴했습니다. 유도는 아홉 살부터
시작해서 지금 20년 넘게 하고 있고, 그중 선수촌에서 한
10년 정도 훈련하고 도쿄올림픽을 끝으로 유도선수 생활은
끝이 났습니다.

어떻게 유도를 시작하게 되셨나요.

어렸을 때부터 워낙 활동적이어서 부모님께서 운동을
시켜야겠다고 생각하셨대요. 제가 아홉 살 때 전남
순천으로 전학을 갔는데 전학 간 날 학교에서 입학 서류를
기다리고 있었거든요. 엄마가 서류를 처리하는 동안 제가
교무실에서 태권도를 했대요. 당시 태권도를 두 달 정도
다녔었거든요. 그걸 보신 선생님께서 '조만간 유도부가
창단되는데 유도를 시켜보는 게 어떻겠냐' 해서 창단멤버로
시작했습니다. 유도가 뭔지도 모르고 시작하게 된 거죠.

아홉 살이면 어린 나이인데 보통 유도를 그때쯤 시작하나요.

제가 유도부에 들어갔을 때 전 2학년이었고, 나머지는
5~6학년이었어요.

**고학년들 사이에서 체급 차이가 났을 것 같은데 그때부터 유도를
잘하셨나요.**

전혀 그렇지 않았습니다. 지도해주신 선생님께서 그냥
재밌게. 무조건 이겨야 한다는 생각보다 그냥 넘어갈
수도 있고, 넘길 수도 있다는 걸 재밌게 알려주셔서
초등학생 때는 잘 못했던 것 같아요. 이기든 지든 재밌었고,
지금까지도 유도가 제일 재밌기 때문에 그만두지 않고 할
수 있었던 것 같아요.

유도의 어떤 점이 재밌으신가요.

많은 사람들이 생각하는 것처럼 넘길 때의 쾌감은 당연히 있고요. 그렇지만 어느 정도 숙련된 선수들이라면 한 번에 넘기기가 쉽지는 않아요. 제가 업어치기를 잘하는 걸 알아서 상대방이 방어하기 때문에. 그렇게 상대가 저를 간파해도 제가 '업어치기인 줄 알았지' 하면서 다른 기술을 썼을 때도 재밌고, 제가 오히려 속아서 넘어갈 때도 '나도 이렇게 해봐야지' 이러면서 넘어가도 재밌고. 꼭 이기지 않아도 재밌어요. 저는 그냥 유도를 좋아해요.

꼭 이기지 않아도 재밌어요.
저는 그냥 유도를 좋아해요.

승부욕이 센 편인가요.

선수 생활 할 때는 승부욕이 남들보다 셌어요. 당시에 누구보다 치열하게 싸우고, 승패에 목숨 걸고 살아서 선수 생활 은퇴 후에는 승부에 연연하는 마음을 줄이고 살고 싶다는 생각을 많이 했어요. 그래서 지금은 사실 승부욕이 아주아주 센 편은 아닌 것 같아요.

선수 시절 승부욕이 넘쳐서 생긴 에피소드가 있을까요.

시합에서 지면 잠도 안 자고 울기도 하고. 그때는 승부욕이
넘쳤던 것 같은데 지금은 가끔 축구할 때나 (승부욕이)
나오고 있습니다.

**국제경기에서 수상을 많이 했는데, 가장 기억에 남는 경기가 있을
까요.**

2014년 인천아시안게임 결승을 얘기하고 싶은데요. 결승에
한국선수가 3명이 올라왔고, 제가 마지막 선수였는데
상대선수는 일본이었어요. 상대 전적이 3패로 뒤지고
있었고요. 한 번도 이겨본 적이 없는 선수였는데 결승전
때, 관중들이 제 이름을 불러주시면서 응원해주시는
거예요. 유도는 (처음에 마주보고) 인사를 하는데 그
친구가 긴장하고 제 눈을 피하는 것 같더라고요. 그때
자신감이 딱 생겼어요. 관중들이 경기를 시작할 때부터
끝날 때까지 저를 응원해주셨는데, 제가 잘하든 못하든
파이팅을 외쳐주셨어요. 그런 응원 덕분에 제가 이기고
있었고 마지막 10초 정도 남았을 때 관중들이 '10, 9, 8,
7' (카운트를) 세주시는 거예요. 그 경기를 잘 보시면 제가
마지막에 기술이 걸렸거든요? 영상을 보면서 안건데, 모든

분들이 제가 이겼으면 좋겠었는지 초보다 더 빨리 카운팅을
해주신 거죠. 그 선수가 마지막에 기술을 걸었다가 힘을
빼고 포기하더라고요. 그날 그 선수랑 저랑 붙은 게 아니고,
거기 계셨던 관중들과 저 그리고 그 선수 한 명이 싸웠기
때문에 이길 수 있었던 것 같아요.

응원을 들으면 오히려 긴장되지 않나요.

저는 그만큼 큰 응원 소리를 들은 적이 없었고, 제가 발만
내딛어도 난리가 나는 거예요. 저도 너무 긴장해서 어떻게
경기장에 들어갔는지 모르겠지만 일본 선수는 엄청난
압박이 있었을 거라고 생각해요. 아시안게임 이후로 한
번인가 붙었는데 이기지 못했습니다. 그런데 그 선수가
도쿄올림픽 일등 했습니다. 그 관중 분들 데리고 갔었어야
하는데.

그럼 가장 아쉬웠던 경기는 뭘까요.

아쉬운 경기는 너무 많아요. 도쿄올림픽도 너무 아쉽고
그걸 준비하면서 부상만 없었어도 조금 더 공격적으로 더
몰아붙이고 더 열심히 할 수 있었을 텐데 많이 후회했어요.
이제야 괜찮아졌지만요. 2013년 세계선수권대회도
아쉬움이 많이 남는데요. 세계대회 첫 출전이었는데
준결승에 간 거예요. 세계대회가 그렇게 큰 대회인지도

몰랐고, 그때 사실 제가 포기했어요. 그 뒤로 세계선수권 준결승이라는 무대를 밟지 못했는데 그때 포기한 경기가 제일 아쉽고 그때로 다시 돌아가고 싶어요.

왜 포기하셨나요.

작전대로 했어야 했어요. 교수님은 1번 작전으로 가라고 했는데, 저는 2번을 한 거죠. 원래 자기가 제일 잘하는 걸로 갔어야 했는데 그걸 듣지 않고, 포기한 것은 아니지만… 선생님 말대로 하면 잘했을 텐데 아쉬워요.

아쉬움을 극복하는 본인만의 방법이 있나요.

실수를 반복하지 않기 위해서, 실패를 다시는 반복하지
않기 위해서 노력했던 방법인데 손에 펜으로 써가요.
'조급해하지 말자. 괜찮아' 이렇게 써서 시합 때 손을
보는 거죠. 땀이 많아서 다 지워지긴 했는데⋯ 늘 노력은
좋았는데 결과가 좋지 않을 때도 있어서 아쉽게 생각하고
있습니다.

주특기는 뭔가요.

저는 업어치긴데요, 일반적으로 하는 양 깃을 잡는
업어치기가 아니라 소매를 잡는 소매업어치기가
주특기입니다.

소매만 잡을 수 있으면 완전한 제압이 가능한가요.

이 상대를 '제압해야겠다'라고 생각하면 충분히 가능할
거라고 생각하고요. 많은 유도선수들이 그렇게 하지는
않겠지만, 꼭 소매 깃이 아니더라도 목이나 다리 기술 같은
게 있어서 상대를 쓰러뜨리기에는 충분하다고 생각합니다.

운동 루틴을 말해주실 수 있나요.

새벽 5시 반에 일어나서 6시부터 운동을 시작하면 한 7시
반까지 새벽운동을 하고 씻고 아침 먹고요. 오전 운동을

9시 반부터 시작해서 12시까지 웨이트 훈련. 오후에는 그때그때 시간이 다르기는 한데 3시부터 5시 반이나 6시까지 도복운동하고 6시부터 9시까지는 개인운동을 했습니다.

포기하지 않는 마음이 있다면 저는 유도선수로서 성장할 수 있다고 생각합니다.

유도선수한테 가장 중요한 능력은 무엇일까요.

선수촌에는 유도 체급별 일등선수들이 오잖아요. 이 선수는 순발력이 좋고, 저 선수는 기술이 좋고, 또 이 선수는 지구력이랑 노력이 좋죠. 다 장점이 달라요. 그런데 그 능력들은 개인 시간에 훈련으로 얼마든지 습득할 수 있거든요. 그래서 제 생각에 가장 중요한 능력은 도전을 하다 보면 멈추고 쓰러질 때가 있잖아요. 그때 포기하지 않는 마음이 있다면 저는 유도선수로서 성장할 수 있다고 생각합니다.

열심히 하는 게 제일 중요하다 생각하시나요.

운동신경이 좋은데, 뭔가 지구력이 없어요. 지구력이 안
된다고 해서 '안 할래' 하는 것보다는 밀고 나가는 그런.
부족한 점을 끝까지 채우고자 하는 의지가 제일 중요한 것
같아요.

국가대표의 삶은 어떤가요.

그냥 선수촌 안에 있으면 '열심히 해야 한다, 어제보다는
더 열심히 해야 하고 더 힘들어야 한다' 이런 생각이
들어요. 시합 나가서 지면 태극기를 달고 있는 제가 너무
부끄럽잖아요. 그래서 선수촌에 있는 선수들 모두 다
태극기에 대한 무게나 자긍심이 있어요. 선수촌 가면
운동에 미친 사람들 많거든요? 그걸 보면서 자극도 되고
도움도 많이 되고 그렇게 생활했던 것 같아요.

선수로서 가장 힘들었던 순간은 언제였을까요.

국가대표 생활을 오래 하다 보니 저에게도 부상이나
슬럼프가 있었어요. 부상이 있는 상황에도 훈련하고, 시합
출전을 하다 보니 몸도 마음도 지치면서 점점 제가 할 수
있는 유도 동작이나 기술에도 제약이 생겼던 것 같아요. 늘
이기고 싶고 잘하고 싶은 마음이 컸는데 마음처럼 잘되지
않으니까요. 은퇴 전까지 부상이 발목을 잡아서 그게

심적으로 힘들었던 것 같아요.

선수 은퇴 후 유도 코치의 삶을 살고 계신데 앞으로 목표가 궁금해요.

23년의 선수 생활을 마치고 2023년 1월부터 유도 코치로서 첫걸음을 내딛게 되었습니다. 저도 선수 시절 수많은 경기를 경험하면서 많은 지도자 선생님들과 함께했는데요. 지금도 기억 나는 순간들이 있어요. 시합장에 입장할 때 지도자와 선수가 함께 시합장에 들어가거든요. 그 순간에 내 옆에 지도자 선생님이 있어주시는 것만으로도 큰 힘이 되고, '이 선생님과 함께 경기한다, 꼭 이겨야겠다'라는 든든한 마음과 신뢰가 있었어요. 그때 좋은 경기들을 했던 기억이 있어요.

저는 아직 신입 코치지만 많이 배우고 꾸준히 노력해서 우리 선수들에게 늘 든든한 코치로서 앞으로 많은 시합들을 함께하고 싶어요. 또 우리 선수들이 좋은 모습으로, 더 좋은 경기를 하도록 하는 것이 제 목표입니다.

"한 번 뭔가를 배우면
그냥 죽어라 해요.
그것만 100번이고
1000번이고
그냥 해요."

김은별 안산시청 소속 씨름 선수

씨름을 선택한 계기가 있을까요.

처음에는 그냥 진지한 마음 없이 선택한 것 같아요. 그런데
한두 번씩 운동하면서 이겨도 보고 넘어져도 보니까
박진감과 쾌감이 말로 다 할 수 없을 정도였어요. 점점
빠지게 되었습니다.

씨름을 하면서 어떤 쾌감을 느끼신 건가요.

큰 선수, 작은 선수가 시합을 하면 큰 선수가 이길 거라고

생각하잖아요. 제가 작은 선수인 경우에 질 거라고 생각하고 들어갈 때도 많았거든요. 근데 막상 잡아보면 '할 만한데?'라는 생각이 들고 그런 게 경기 결과에도 영향을 미치니까 그런 이변이 즐거운 것 같아요.

후회만 없이 하고 오자. 빨리 끝내자, 했는데 한 판 이기고 또 한 판 이기고

제일 기억에 남는 시합은 뭔가요.

우승했던 경기인데, 열심히 준비는 했는데 몸도 안 좋고 기대를 버렸었어요. 멘탈적으로 가버려서. 이번에는 '안 되겠다. 후회만 없이 하고 오자. 빨리 끝내자' 했는데 한 판 이기고 또 한 판 이기고, 준결승 결승까지 가서 우승을 하게 되니깐 예상치 못했던 우승이라 그동안 노력했던 게 생각나더라고요. 포기하란 법은 없구나. 그 경기를 통해 씨름을 열심히 하는 계기가 됐어요. 최근에 한 시합 중에는 연습했던 그대로를 펼치고 나왔던 시합이 있거든요. 준비 자세부터 시작해서 코치님이랑 전략적으로 얘기했던 부분을 그대로 실행해서 이긴 경기가 기억에 남아요.

주특기는 뭔가요.

밭다리에 이은 배지기. 다리 기술 위주로 쓰는 편입니다. 사람마다 신체에 따라 주특기가 다른데 저는 다리가 긴 편이라 다리를 많이 활용해서 하는 기술이 주특기가 된 것 같아요.

운동 루틴 얘기해주실 수 있나요.

일어나면 영양제를 챙겨 먹어요. 유산균이랑 다 챙겨 먹고 준비하고 운동시간이 있거든요. 운동시간보다 한 시간에서 두 시간 일찍 나가서 코치님이랑 웨이트트레이닝 하고 사다리로 스텝훈련 하고 운동 마치면 숙소로 돌아와서 밥 먹고 낮잠을 꼭 자요. 최소 한 시간은 꼭 자고요. 낮잠 자고 일어나서 오후 운동. 다 같이 씨름하고, 익히기라고 해서 기술 연습 먼저 해요. 저랑 같은 체급과 하거나 몸무게가 비슷한 남자애들과 해요. 그 후 코치님에게 피드백 듣고 집으로 돌아오는 게 정해진 일과고요. 오늘 부족했다 싶으면 러닝을 하거나 부족했던 부위 운동을 한다거나 해요.

웨이트 루틴도 있나요.

6일을 하는데 월·목은 무조건 등 운동을 해요. 팔을 같이 할 수 있으면 하고, 화·금은 하체. 하체 하는 날엔 어깨 묶어서

하는 날도 있고, 수·일은 작은 근육 위주로 해서 돌아요.

승부욕이 있는 편인가요.

없어 보이고 싶지만 있습니다. 안산시청 오기 전에 일 년
정도 쉬었어요. 다른 선수들에 비해 기본 근력이 떨어져
있는 상태였고, 기본 웨이트 무게도 못 치고 그랬어요.
러닝도 다른 사람이 10바퀴 뛸 때 저 혼자 7바퀴 뛰고,
턱걸이 한 개도 못했고요. 어느 순간 '안 되겠다' 싶기도
하고 이대로 가다가는 '죽도 밥도 안 되겠다' 싶어서 남들

잘 때 나가고, (남들) 쉴 때 나가기 시작했어요. 무게 안 되는 거 어떻게 해서든 들고 해서 지금은 러닝도 웨이트도 턱걸이도 팀 내에서 일등 하고 있습니다. 3년 전 일인데 한번 올라가니깐 뺏기는 게 싫어서 더 악착같이 하고요. 지금까지 단 한 번도 일등 뺏겨본 적이 없습니다. 지는 것 같으면 운동 안 하는 척하면서 엄청 하고. 혼자 몰래 가서 하고요. '이렇게까지 해야 하나' 생각이 들다가도 불안하니까. 결론은 웨이트장으로 가고 있습니다.

1년 공백기를 가지신 이유가 있나요.

대학교를 졸업하면서 바로 팀에 들어갔거든요. 놀고도 싶었고, 철도 덜 들었던 것 같고 운동하는 게 힘들었어요. 욕심도 없었고, 주어진 거니까 했었지 열심히 하고자 하는 마음이 없었어요. 이제 운동 그만하고 싶다 해서 나갔는데 너무 한이 되는 거예요. 한 번이라도 이 악물고 열심히 했더라면 후회는 하지 않았을 텐데, 다시 돌아가면 '꼴등을 하더라도 매일 열심히 하고 싶다'는 생각이 들었어요. 그런 와중에 지금 코치님이 같이 해보자고 하셔가지고 운 좋게 다시 들어갈 수 있었어요.

승부욕이 엄청나신 것 같은데 열심히 안 했다는 게 잘 그려지지 않아요.

솔직하게 말해서 '나는 열심히 해'라고 말하면서 진짜
열심히 안 했어요. 맨날 늦잠 자고 산 뛰라고 시키잖아요.
그러면 한 바퀴 뛰고 여기 숨어 있었어요. 남들이 뛰면
이렇게 보이잖아요. 다 뛴 척하고 들어가곤 했었는데
그러니까 욕심도 없었고 책임감도 없었던 거죠. 그만두고
나서 제일 후회됐던 게 '나는 열심히 했어'라고 생각했는데,
사실 열심히 한 적이 없는 거예요. 그게 후회가 돼서 '다시
시작하면 끝까지는 한번 해보자' (마음먹고) 시작하게
됐어요. 처음으로 뭔가에 몰두하고 열심히 하다 보니까
몸이 좋아지고 활력이 생기고 씨름도 늘면서 그게 좋은 것
같아요. 내가 발전하는 게 보이니까.

요즘도 매일 열심히 하시나요.

아오, 매일 죽겠습니다.

씨름에서 가장 중요한 덕목이 뭐라고 생각하시나요.

센스라고 생각해요. 그건 타고나는 거라고 생각합니다.
근데 저는 그 센스가 좀 없어요. 그래서 저는 한번 뭔가를
배우면 그거를 그냥 죽어라 해요. 그냥 그것만 100번이고
1000번이고 그냥 해요. 그게 장점이자 단점이지만. 정말
대충 하는 거 싫어하고 열심히 안 했으면서 '열심히
했는데 저 왜 안 돼요' 이러는 거 제일 싫어합니다. 제가

그래봤으니까 이제 그게 싫더라고요.

열심히 안 했으면서 '열심히 했는데 저 왜 안 돼요' 이러는 거 제일 싫어합니다.

씨름하면서 가장 힘든 순간은 언제인가요.

지는 건 그럴 수 있어요. 그런데 시합장에 올라가서
아무것도 하지 않고 나왔을 때, 내가 연습한 것을 못하고
나왔을 때 괴로움이 크고 힘들어요. 마찬가지로 내가
아무리 열심히 버티고 죽어라 노력했어도, 성적을 내야지만
그 가치가 매겨지고 인정받는다고 느낄 때 상실감이 크고
힘들어요. 운동선수의 숙명이지만요.

요즘은 승률이 어떻게 되시나요.

요즘 승률 너무 좋아요. 올해 1등 두 번, 2등 두 번, 3등 두
번 했습니다. 요새 정말 기적 같은 삶을 사는 기분이에요.
아쉽게도 매화장사는 아직 도전 중이지만 앞으로 기회는
많고 이제는 정말 다 왔다고 생각합니다.

씨름 선수로서 또 인간 김은별의 최종 목표는 무엇인가요.

당연히 매화장사죠. 지금 제 자리에서 제가 가질 수 있는
최고의 목표는 매화장사이기 때문에 더 이 악물고 더
악착같이 해서 반드시 이뤄낼 거예요.

"일도 클라이밍
이지만 취미도
클라이밍이거든요.
스트레스도
클라이밍으로 풀어요."

김민선 노스페이스 소속 클라이밍 선수

주종목이 무엇인가요.

　제 주종목은 리드 클라이밍이라고 해서, 누가 더 높이
올라 가나를 겨루는 종목이고요. 지구력을 많이 필요로
해요. 아무래도 신체적 조건보다 노력으로 극복할 수 있는
종목이어서 선택하게 되었습니다.

클라이밍을 시작하게 된 계기가 무엇일까요.

　제가 어렸을 때 워낙 활동적이어서 아버지가 추천하셨어요.

아버지가 산을 좋아하셨고, 저도 아버지 따라 산을 많이
다녔거든요. 그때 바위 오르는 걸 보고 추천하셨던 것
같아요. 키도 작아서 키도 크라고 한번 보내보신 거죠.
그런데 키는 안 크고, 그냥 너무 좋아해서 아직까지 하고
있어요.

당시에는 어디서 클라이밍을 배우셨어요.

그때는 학원도 없고, 그냥 산악회 아저씨들 있는 지하
클라이밍장에 껴서 했는데요. 아저씨들이 칭찬해주니까
신나서 계속 다녔던 것 같아요.

클라이밍 말고 다른 운동은 해보신 적 없나요.

원래는 발레를 했었어요. 발레는 아주 어렸을 때부터
초등학교 4학년 때까지 하고, 4학년 때부터 1년 동안
클라이밍 선수 경험 쌓아봤고요. 그다음에 5학년 때부터
다시 발레로 돌아가서 중학교 때까지 하다가, 중학교 2학년
때부터 다시 클라이밍 선수 준비 시작했어요.

**그 당시에는 클라이밍이 많이 보급되어 있지 않았을 때인데 왜 클
라이밍을 하고 싶으셨어요.**

저는 일도 클라이밍이지만 취미도 클라이밍이거든요.
스트레스도 클라이밍으로 풀어요.

클라이밍에는 문제가 있거든요. 주어진 것만 잡고 올라가서 끝에 손을 모으면 끝이 나는 건데 그 문제를 풀면 성취감이 엄청나요. 약간 수학 문제 푸는 것 같기도 하고, 게임하는 것 같기도 하고요.

코스에 정답이 있는 건가요.

아니요. 정답은 없고 사람의 근력이나 체력에 따라서 좀 다른 스타일로 올라가기도 하죠. 그게 매력이고요.

훈련은 어떤 식으로 진행되나요.

시합은 18미터에서 20미터 정도 되는 벽에서 하고요. 그걸 훈련하기 위해서 야외에 한 40미터 정도 되는 바위에서 훈련도 하고요.

바위는 잡을 데가 없잖아요.

바위 모양에 따라서 들어가 있는 것도 있고 구멍 뚫려 있는 바위도 있어요. (누군가) 개척해놓은 걸로 가는 거예요.

구멍이 안 뚫려 있는 바위라면요.

어려운 난이도죠. 보통은 개척된 데만 해요. 개척 안 된 곳을 하시는 분이 또 따로 있어요. 저는 선수고 클라이머니까, 개척된 곳을 따라서 하죠.

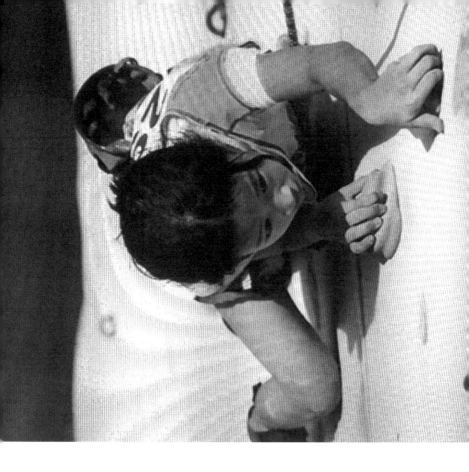

그럼 클라이밍 명소 같은 곳이 있겠네요.

맞아요. 고창 선운산도 유명하고, 간현암이라고 원주에
있는 곳도 많이 가고 조비산이라고 용인에 있는 곳도
가고요. '볼더링' 할 수 있는 바위가 있고 '리드' 할 수 있는
바위가 있는데 볼더링은 약간 큰 돌 느낌이고 리드는 진짜
산 느낌이에요.

친구들과 등산을 가면 '이건 내가 그냥 올라갈 수 있겠다' 이런 느낌이 드나요.

그런 말 진짜 자주 해요. 말씀하신 것처럼 북한산 자주 가는데 위에 올라가다 보면 '이거는 클라이밍 해보면 재밌겠는데' 이러면서.

다른 체력 훈련 같은 건 어떻게 진행되나요.

제일 많이 하는 게 맨몸 운동인데 턱걸이, 팔 굽혀 펴기 코어 운동을 제일 많이 하고요. 기초 체력은 달리기 많이 해요.

턱걸이는 몇 개 정도 하세요.

트레이닝 방법은 여러 가지인데 보통은 세트로 10개 10세트 이런 식으로 인터벌로 많이 훈련하죠. 마무리 운동으로 매일매일하고요. 그리고 손끝 트레이닝, 그립 트레이닝도 하고요.

팔씨름 도전 많이 당해보셨을 것 같은데요.

많이 했었어요.

잘하시나요.

져본 적 없는 것 같아요. 아직은.

핏줄의 형태가 엄청 자세히 보이는데요.

아무래도 여기를 많이 쓰니까 전완근이 제일 발달돼
있어요. 몸통 힘 자체를 써서 약간 허리가 두껍고요.

옷 사기 힘들 것 같아요.

네 진짜 스트레스 많이 받았어요. 학교 다닐 때 놀림도
많이 받았어요. 등 넓다고 놀리고 어깨 넓다고 놀리고.
고등학교 때는 막 숨기고 싶은 거예요. 남자친구 생길 때
손 안 보여주고 그랬는데, 이게 직업이다 보니 쳐다도 보기
싫은데 또 그걸 보면서 일해야 하니까 많이 힘들었어요.

그 기간을 어떻게 극복하셨나요.

제가 그래서 쉬어봤거든요. 근데 계속 생각나더라고요.
많은 사람들이 클라이밍에 중독되는 이유가 있는 것
같아요. (다들) 본인 영상만 100번씩 보거든요. 그 정도로
재미있어요.

계속 클라이밍을 하시는 이유가 재미 때문인가요.

저는 어렸을 때부터 클라이밍이 그냥 당연한 운동이었기
때문에 이 재미를 많은 사람들이 알았으면 좋겠다는
생각을 항상 했거든요. 제가 낯을 많이 가려서 힘들지만
강사 일을 하는 이유도 사람들에게 재미를 느끼게끔 할

기술을 알려주는 거잖아요. 그런 부분에서 자부심을 느끼고 있어요.

클라이밍 덕분에
행복하다는 대답을 할 수 있는 삶을
계속 만들어나가고 싶어요.

클라이머로서 혹은 인간 김민선의 최종 목표는 무엇인가요.

거창한 목표라기보다는, 누군가 저에게 '클라이밍 즐기고 있어? 아직도 좋아?' 이렇게 물었을 때 내가 정말 즐기고 있고, 좋아하고 있고, 클라이밍 덕분에 행복하다는 대답을 할 수 있는 삶을 계속 만들어나가고 싶어요.

7장

스텝

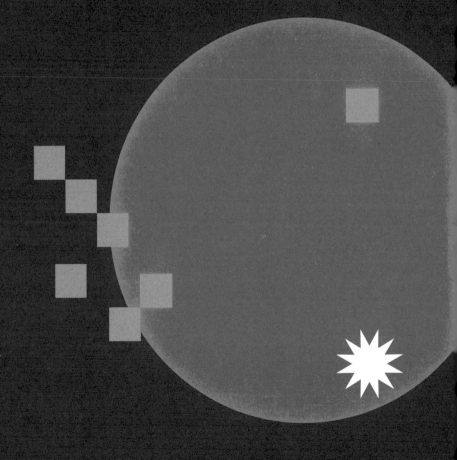

"창피하기 싫어서 열심히 일하는 거거든."

현장에서 맨날 보는 사이인데 인터뷰를 하려니까 어색하네요. 감독님은 일로 누구를 만나면 자기소개를 어떻게 해요?

나는… 그냥 카메라맨이라고 설명해요. 뭐 감독… 이렇게 말 안 하고 '카메라맨'이라고만 해요.

왜요?

감독이면 뭔가 엄청 부담감 있고, 뭔가 해내야 되고 그런 거라서, 그냥 평범한 카메라맨이 훨씬 좋아요.

이창대 카메라 감독, 〈35mm〉 공동대표
〈돌싱글즈〉〈사이렌: 불의 섬〉〈피의 게임1, 2〉〈코리아넘버원〉
〈일로 만난 사이〉〈같이 펀딩〉 등 메인 카메라 감독

부담을 회피하는 그런 스타일이세요?

그런 것도 있는데… (웃음) 그냥 뭔가 엄청 큰 것 같고,
뭔가 엄청 (뭐가) 된 것 같은 게 싫은 것 같아요 그냥.
카메라맨이 카메라 감독이라는 호칭을 받기까지가 옛날엔
엄청 힘들었는데 지금은 듣기 좋으라고 아무나 카메라
감독이라고 불러주잖아요. 그 감독이라는 단어가 엄청 큰
건데, 되게 중압감을 가져야 하는 건데… 그래서 함부로
불리는 걸 좋아하진 않아요. 그냥 평범한 직업으로 불리는

게 좋아.

근데 감독님이 카메라맨이라고 하면 감독님 후배들은 카메라 감독이라고 하면 안 되잖아요.

아니 상관없어. 이미 대중적으로 1년 차든 2년 차든 감독님이라고 부르는 게 통용되기 때문에 그건 전혀 상관없고, 나는 옛날부터 있던 사람이어서 호칭이 주는 영향력을 더 세게 느끼는 거라 그냥 나 스스로 그렇게 생각하는 거니까.

그럼 언제쯤 카메라 감독이라고 스스로를 부를 수 있을 것 같아요?

아니 지금도 그렇게 어색하진 않아요. 내가 못 받을 호칭인데 감독이라 불린다 그런 건 아니에요. 그건 좀 지났어요. 그건 좀 지났는데 그래도 카메라맨이 더 좋은 것 같아요 나는. 그래야 아직 뭔가 더 할 게 있을 것 같은 느낌?

연차는 어차피 10년 이상 지나면 중요하지 않다고 생각해요 저는. 아무 의미 없다고 생각해.

감독님은 일한 지 얼마나 되신 거예요?

2006년에 시작했으니까 18년 차. 연차는 어차피 10년 이상 지나면 중요하지 않다고 생각해요 저는. 아무 의미 없다고 생각해.

굉장히 수평적인 관계로 일을 하는 걸 보면서 이거다. 카메라 개뿔도 몰랐어요. 카메라 켤 줄도 몰랐어. 그렇게 시작한 거였어요.

관련 학과를 가신 거예요?

나는 동아방송대 방송기술과 나왔는데 카메라에 조예가 있었던 건 전혀 아니고. 내가 학교 다닐 때는 피디를 하려면 서연고 나왔어야 됐고 나 같은 일반 4년제 나온 사람들은 FD부터 시작해서 조연출 하고 아무리 올라가도 막내 피디보다도 못한 대접을 받게 되는 거예요. 그때는 루트가 워낙 단순했어서. 내가 알바 하면서 그런 걸 보게 됐거든요. 근데 카메라맨은 내 사수였던 강찬희 감독님만 봐도 피디들과 같이 의견을 내고 조율하면서 일을 하더라고. 굉장히 수평적인 관계로 일을 하는 걸 보면서 이거다. 카메라 개뿔도 몰랐어요. 카메라 켤 줄도 몰랐어. 그렇게 시작한 거였어요.

그때 들어가신 곳이 〈비전〉이라는 회사죠?

네. 엄청 큰 회사였고 우리나라에 그 회사 하나밖에 없었어요. 카메라 전문 회사가 독보적으로 하나였어요. 〈장미의 전쟁〉〈X맨〉〈연애편지〉 이런 걸 다 그 팀이 했고, 〈1박 2일〉 생겨나고 〈무한도전〉도 만들어지면서 〈무한도전〉에서도 같이 하자고 했었는데, 그때 당시에 MBC 거를 안 하던 때라 〈비전〉이 못한다고 해서 그 쪽 팀이 처음 생겨나고, 생겨나고, 생겨나게 된 계기가 된 거죠. 독보적으로 하나였어요 완전. 원래 예전에는 카메라 1대, 2대 이렇게 나갈 때 8대, 10대 나가게 된 시초가 강찬희 감독이에요.

그 회사에 그럼 공채로 들어가신 건가요.

공채는 없고 수시로. 여력 되면 한 명 뽑고, 다음 해에 또 한 명 뽑고 이런 식인데 내가 8번째로 입사했어요.

완전 초창기 멤버네요. 처음 들어가면 뭘 시키나요.

그때는 ENG팀과 VJ팀이 분리되어 있을 때인데, ENG
카메라가 고가잖아요. 그래서 카메라는 잘 못 만지고
배터리나 트라이포드 정리하는 것부터 시작했죠. 뭐 누구나
그렇듯이. 그리고 메모리가 아니라 테이프를 넣을 때여서
30분에 한 번씩 끊어지거든요. 그럼 테이프 빼고 넣는 걸
여러 감독님들 뒤를 돌아다니면서 관리하는 거죠. 그렇게
6개월 정도 지나면 한 번씩 기회가 와요. 급할 때 '풀샷'이나
'그룹샷' 같은 것 '가서 만지고 와' 이렇게 시켜요. 그걸
잘 소화하면 다음 단계로 가는 거고, 소화를 못하면 다시
배터리 정리하는 거고.

카메라 처음 딱 잡았을 때 기분이 어땠어요.

엄청 이상하고… 내가 처음 카메라 잡은 게 〈상상플러스〉
라는 예능 프로그램이었어요. 거기에 내 그림 원샷이든
풀샷이든 하나라도 나가면 그게 너무 신기한 거죠. 엄청
뿌듯하고.

그럼 카메라를 더 잘 찍기 위한 트레이닝 시스템 같은 것도 있나요.

그때 당시에는 다 팔로우였거든요. ENG 카메라가 한
7~8킬로그램 되는데 그걸 오래 들고 있기가 되게 힘드니까
그걸 들고 골목을 뛴다던가 계단을 오르락내리락 한다던가

앉았다 일어나기를 한다든가 그런 연습을 하죠. 우리 팀은 와일드하게 다니는 걸 좋아하셔가지고 개인적으로 훈련하기도 하고 시키기도 했고. 그런데 지금 그렇게 시킨 걸 엄청 후회하세요. 그렇게 해서 우리 몸이 너무 망가진 것 같다고 미안하다고 얼마 전에 그러시더라고요. 핸드헬드라고 하잖아요, 그런 걸. 그거 그만하라고. 아무 의미 없다고.

다 비슷하게 아픈 데가 있어요?

허리.

몸 관리 잘해요 진짜. 오래 일하려면.

그런데 작가님이나 피디님도 이걸 이렇게 이렇게 해야 된다는 게 매뉴얼로 있는 게 아니고 일하면서 알려주는 거잖아요? 편집하면서 이 컷 다음에 이 컷을 붙여야 된다는 게 매뉴얼이 있는 게 아니잖아요. 이 일도 똑같은 것 같애.

누구한테 배웠는지가 그래서 중요한 것 같아요. 그 스타일을 벗어나기가 사실 힘드니까.

우리 회사(35mm)가 잘된 이유가 그거거든요. 옛날 방식을 이미 마스터? 라고 하긴 좀 그렇지만 그 방식들을 이미 가지고 있고 그 방식을 벗어난 새로운 것들을 시도하고.

그러면 애초에 그런 방식들을 시도하려고 기존 회사를 나와서 회사를 차리신 거예요?

막연하게 차려야지 했었지만 언제 뭘 하자 그건 아니었고, 정표*가 먼저 나갈 때 너가 먼저 나가 있으면 언젠가 우리 같이 하자, 이런 거였는데 용욱**이 형이 그 다음에 나오고 내가 마지막에 쐐기를 박은 거죠. 회사를 만들자. 정표가 나오고 7~8개월 뒤?

근데 왜 세 분이 회사를 차리신 거예요. 원래 친했나요.

예능은 개인의 능력보다 팀이 무조건 우선이고. 그때 예능은 그림보다는 순발력이 중요시될 때였는데 우리도 '이쁜 그림' 이런 거 한번 해보자, 하는 로망이 있는 사람들이었던 것 같애. 그래서 이런 렌즈도 써보고, 이런 카메라도 써보자, 하면서 시작된 것 같애.

근데 제가 알기론 세 분이 진짜 성격이 다르잖아요.

네.

그게 장점이에요?

● 〈35mm〉 공동대표. 〈윤식당〉〈환승연애〉〈지구오락실〉〈신서유기〉〈알쓸신잡〉 등 메인 카메라 감독
●● 〈35mm〉 공동대표. 〈유퀴즈〉〈택배는 몽골몽골〉 등 메인 카메라 감독

273

지나고 보니까 장점이에요. 서로 눈치를 보게 돼요.
독단적으로 갈 수도 있고 한쪽으로 몰빵할 수도 있는데
셋이 있으니까 한 번 더 생각을 하게 되는 것 같아요.
예전에는 막 했어요, 서로한테 선후배니까. 근데 이제는
선후배가 아니고 동업자니까. 서로 존중해주고.

**피디와 수평적으로 일하고 싶어서 카메라 감독이 됐다고 하셨는데
지금 수평적으로 일하고 계신 것 같나요.**

지금은 너무 만족하고 있어요. 심지어 나한테 의존하는
팀도 가끔 있어요. (웃음) 내가 많이 기여하고 그러면 훨씬
애착도 가고.

**하셨던 프로그램 중에… 제가 앞에 없다고 생각하고 대답해주세
요. 가장 기억에 남는 프로그램은?**

(아무 말 없이 휴대폰을 내 밀었다. 그의 휴대폰에는 〈사이렌:
불의 섬〉 스티커가 붙어 있다.)

진짜로?

왜냐면 규모 면에서 이걸 이길 수가 없어 단일팀으로.
단일팀으로는 아직까진 최고 규모였지 않을까? 그리고
난이도가 되게 어려운 거였고… 예… 그렇습니다.

제가 맨 처음에 이 프로그램 이야기하면서 통화했을 때 기억나시나요. 조만간 큰 건 하나 들고 찾아뵙겠다고 했었는데. 그때는 어떤 기분이셨나요.

이은경이 큰 거 한다고 하면 완전 큰 건데. 진짜 겁났어요. 저 그냥 이번에 쉬었다 가려고요, 하는 거여도 크거든요? (웃음) 그런데 이번에 진짜 큰 건이라고 하니까 너무 겁났어 진짜.

그 뒤에 제가 용욱 감독님이랑 감독님이랑 셋이서 만나서 프로그램에 대해 자세히 설명했잖아요. 그때 돌아가시면서 두 분이 무슨 얘기하셨어요.

그날 둘이 술 먹으러 간 것 같은데. (웃음) 대충 보면 나오잖아. '이건 잘하면 정말 잘할 수 있겠다'랑 '이건 잘해도 본전이겠다'랑. 근데 이거는 잘해도 독박 안 쓰기 쉽지 않은데 이런 느낌이었어. 개인적 역량도 커야 하고 변수도 너무 많고 모든 카메라가 세팅돼 있어야 하고. 그리고 처음에 얘기했던 것보다 범위가 더 커지는 거예요. 변수가 더 많아지는 거예요. 그래서 이야기를 하면 할수록 표정 관리가 안됐어. 우리는 이걸 표현해내야 하는 사람이니까 어떻게 찍을지가 관건인데 너무 답이 없었어 진짜.

그러면 답을 찾기 위해 제일 먼저 한 일이 뭐였어요.

우리가 제일 중점적으로 둔 건 진짜로 리얼하게 하고 싶은 거였잖아요. 근데 시청자가 봤을 때 리얼한 게 좋으냐 아니면 출연자가 느끼기에 정말 리얼한 촬영인 게 좋으냐 그게 관건이었던 것 같아요. 10이 있으면 그 사이를 7:3으로 할지 6:4로 할지 끊임없이 시뮬레이션 했던 것 같아요. 다른 프로그램이었으면 그렇게까지 고민 안 했을 건데 이건 자기 직업 걸고 하는 거잖아요. 목숨 걸고 하는 거잖아요 사실상. 그래서 오히려 어려웠던 것 같아요.

다른 프로그램이었으면 그렇게까지 고민 안 했을 건데 이건 자기 직업 걸고 하는 거잖아요. 목숨 걸고 하는 거잖아요 사실상.

결국 잘 표현된 것 같나요.

편집이 기가 막히게 잘 된 것 같고 (웃음) 아쉬운 거 당연히 많죠. 새벽 시간에 카메라 감독들이 좀 더 있었으면… 정찰을 하는 모습이 조금 더 표현됐으면 그런 게 있죠.

그런데 그게 어차피 안 됐을 게 우리가 많이 움직이면 '얘네 뭐 하나 보다'고 또 생각했을 거라서.

그렇다면 제일 마음에 드는 장면은.

뭐니 뭐니 해도 유리 깬 거죠. 프로그램의 시그니처 아닐까. 그리고 감자.

그러면 감독님이 이 프로그램을 하면서 가장 기억에 남는 순간은.

처음 그 섬에 들어갔을 때.

왜요.

여기서 뭘 한다고?

너무 커서?

아무것도 없어서.

진짜 그날 표정 안 좋았잖아요.

이은경이 아무렇게나 할 사람이 아니거든. 근데 여길 개간해봤자 어떻게 해 여기를. 내가 시골사람이잖아. 그래서 땅 다지고 이런 걸 잘 안단 말이야. 산길 내고 이런 거. 근데 여기서 어떻게 뭘 한다는 거지. 너무 깜깜했어 진짜. 시련이 많았어. 개인적인 시련이 정말.

기억에 남는 순간이 좋았던 순간이 아니고 다 시련이네요.

끝나고 나서 몇 달 동안 여운이 너무 많이 남아가지고요. 끝나고 네모하우스에서 나 혼자 잤잖아요. 그때 느낌은 '어떻게든 끝냈네'랑 우리 애들도 진짜 고생 많이 했거든. 그런데 거기 있던 멤버들이 짜증 낸 사람이 한 명도 없었어. 카메라맨만 50명이고 어시스트가 8명 있었는데 빗길을 뛰어다니고 해도 아무도 짜증을 안 냈어. 그래서 그 사람들에 대한 고마움과 뿌듯함이 엄청 컸고. 만감이 교차했어요. 근데 나만 이런 감정을 가진 게 아니고 다른 스태프들도 한 달 지나고 통화하는데 아직 얼떨떨하다고 그런 얘기 많이 했어요. 나는 원래 좀 잘 터는 사람이거든요? 근데 이거 이후로 하는 프로그램들은 잔상이 남게 돼버렸어요. 뭔가 허하다. 다음 거 들어가기까지 시간이 필요하게 돼버렸어요. 왜 그런지 모르겠어 나도.

진짜로… 열심히 하게 됐나…? (웃음) 맨 처음에 제가 큰 거 들고 간다고 했을 때 이 일의 무료함에 대해서 얘기하셨잖아요. 그래서 제가 '인생 짜릿하게 큰 거 하나 들고 갈게요' 이랬잖아요.

짜릿 아니고 쇼크.

얘기하다 보니까.
마음을 쏟은 거에 대한
보답이라든가 이런 게
생긴 것 같은 느낌이에요.
말로 표현할 수는 없지만.

그러고 나서 뭔가 프로그램에 애착이 생기신 건가.

애착은 원래 프로그램에 다 가지고 있는 건데. 무슨
느낌이지 진짜. 다시 한번 생각해보게 되네. 에너지를
이만큼 쏟는다는 게 달라진 건가. 그러네. 새로운 계기가
됐네요. 그때 이후로 프로그램을 대하는 자세가 달라진
것 같네요 얘기하다 보니까. 마음을 쏟은 거에 대한
보답이라든가 이런 게 생긴 것 같은 느낌이에요. 말로
표현할 수는 없지만.

진짜로 '내 거'라고 생각하게 된 건가.

어. 그럴 수도 있겠다.

그럼 감독님은 〈사이렌〉으로 얻은 건 그거네요. 일을 대하는 자세.

음… 얻은 거 한 200만 개 정도 되는데. (웃음)

그렇게 많아요?

잃은 건 한 1000만 개 정도 돼. (웃음) 얻은 거는 자신감을
얻었죠. 이것보다 더 하겠어 이런. 우리 후배들도 맨날 그
얘기해. 으이구 너네도 〈사이렌〉 한번 갔다오고 얘기해.
진짜야. 사이렌 기점으로 나뉘어 애들이.

〈사이렌〉 그렇게 힘들었는데, 왜 그렇게 다들 짜증을 안 냈을까.

여러 가지 이유가 있는데 프로그램 몰입도가 있었어요.
서바이벌 프로나 연애 프로나 할 때 우리가 출연자에게
몰입하지 않으면 프로그램을 절대 찍을 수가 없어요.
재미가 없어. 근데 사이렌은 다들 몰입해서 내일 작전 뭐래.
내일 누가 누굴 친대 이런 거 자기네들이 물어봐. 그리고
자기들이 막 그 작전을 평가해. 카메리맨도 사람이라
시간이 지나면 집중력이 떨어지거든요. 그래서 애정을
갖고 찍은 거랑 아닌 게 너무 많이 차이가 나. 그래서 그 두
번째 이유는 용욱이 형이 한 번도 화를 안 낸 거. 원래 화를
잘 내는데 그 촬영장에서는 한 번도 화 안내고 애들을 웃게
해줬어. 분위기 맞춰주고. 다 같이 웃게 만들고.
그리고 세 번째는 연출팀에서 뭘 해주려는 노력이
보이잖아. 그 여건이 힘든 건 우리가 다 알고 있었고.
그런데 뭐라도 계속 해주려고 하니까 그거 보고 나서는
아무도 화내거나 그러진 않았던 것 같애. 힘든 거랑 싫은 건

다르니까. 힘들지만 싫은 프로그램은 아니었던 거지.

카메라맨도 사람이라
시간이 지나면
집중력이 떨어지거든요.
그래서 애정을 갖고 찍은 거랑
아닌 게 너무 많이 차이가 나.

감독님이 저랑 처음 일하게 된 게 〈알쓸신잡〉이잖아요. 그때부터 지금까지 보면서 저는 어떤 피디인 것 같아요.

무서우면서 되게 편한 건데 좋고 싫고가 확실해.
피디의 제일 큰 덕목이 선택을 빨리, 잘 해야 하는 건데
그런 선택이 빨랐고 대부분 맞았어. 나는 그러지 못한
사람이라서. '알쓸' 할 때 젊은 피디였잖아. 그래서 그걸
당시에도 높게 평가했어. 그게 첫 번째 장점인 것 같고.
다음은 판을 키울 줄 알아. 근데 이건 할 줄 아는 사람이
하는 거거든. 일 벌릴 수 있는 사람이 몇 명 안 돼.

현수 감독님(드론 감독님)도 동일한 얘기를 하시던데…

그걸 감히 누가 생각 안 하거든. 근데 그걸 실천을 해. 뱉은

말을 실천하는 게 좀 신기한 느낌이었어. 이 사람은 빈말을
하지 않아 결국. 그게 조금 무섭긴 한데 장점인 것 같아.
'이런 직업으로 서바이벌 한다'까지는 생각할 수 있거든요.
근데 장치나 포인트들이 일반 예능 같지 않고 그런데 그걸
진짜 하니까 믿고 따라갈 수 있었지. 아니었으면 불만을
엄청나게 가졌을 수 있는 촬영이에요. '이거 왜 해야 해'
'왜 이런 것까지 찍어야 해' 이런 말을 할 수 있는데 확실한
포인트가 있기 때문에 내가 믿고 같이 할 수 있진 않았을까.
우리 정도 연차가 되면 평가하게 되거든요 어쩔 수 없이.
스텝 잘 챙기고 이런 건 뭐 기본적으로 잘하는 거니까.
선택이 빠르고 빈말을 하지 않는 게 너무너무 신기했어.

그게… 장점이자 단점이죠.

근데 아직은 장점인 것 같아요. 그리고 이은경의
장점이, 내가 원래 피디한테 전화를 진짜 안 해요. 근데
이은경한테는 하게 돼. 자주는 아니고 1년에 한두 번 정도.
근데 우리가 공적인 관계잖아요. 그런데 그런 공적인
관계와 사적인 관계를 잘 타는 것 같아. 〈사이렌〉 이야기
처음 했을 때도 그 이야기 하려고 전화한 게 아니라 그냥
다른 촬영 끝나고 올라가는데 뭔가 일에 매너리즘도 느끼고
그러니까 생각나는 사람이 이은경이더라고. 누구보다
무료함을 참지 못하는 사람이니까. 그런 느낌이 신기했어.

이은경이 진짜 사회성이 없는 사람인데 (웃음) 인간관계랑 사회성은 다르더라고.

근데 저는 감독님의 그런 지점이 좋은 것 같아요. 그 정도 연차 되면 그냥 찍어도 되잖아요. 근데 끊임없이 자기 발전을 하려고 하는 모습이 저도 그런 사람이다 보니까. 내가 다 충족시켜줄 수는 없겠지만 그런 판을 깔고 그 판을 위해서 누군가는 또 자기 발전을 이루고 하는 게 있으니까 그냥 제가 총대 매고 까는 거거든요.

맞아. 그거는 완전 100프로 공감이야. 그래서 결론은 인간관계를 되게 영리하게 잘 하는 것 같애. 거기 있던 스텝들의 수장들. 현수형(드론 감독님)이나 치만이형(거치 감독님)이나 선우(오디오 감독님)나 광운 감독님(테크니컬 슈퍼바이저)이나 그 사람들이 내가 몇 년 동안 일하면서 이렇게까지 열심히 일하는 거 처음 봤어 (웃음) 나 치만이형이 그렇게 열심히 하는 거 진짜 처음 봤어.

저는 촬영 딱 끝나고 진짜 감사함밖에 없었어요.

내가 하나 더 얘기하자면 이은경을 중심으로 이렇게 오는 애정들도 좋은데 우리도 다 친하기는 하잖아. 상황이 열악하고 이러면 서로 유기적으로 일하기가 쉽지 않거든. 근데 여기는 그게 너무 좋았어. 치만이형이 연락 와서 서로 도와가면서 개별적으로 하면 힘들 일을 같이 해주고. 사실

쌩까면 끝이에요 다. 각자 알아서 살아야 되는 건데 그게
좋은 마음에 서로 해줬던 것 같아. 그런 사람들의 마음을 잘
끌어낸 것 같아. 그걸 높이 평가해요.

좋은 마음에 서로 해줬던 것 같아. 그런 사람들의 마음을 잘 끌어낸 것 같아. 그걸 높이 평가해요.

평생의 운을 다 썼어요.

다음엔 뭘로 사탕발림할지 기대하고 있을게요.

감독님의 최종 목표는 뭐예요.

정말 이거는 진짜. 내가 맨날 얘기했잖아. 어느 순간 도태가
되는 때가 올 거예요. 프로그램이 적어서 도태가 되는
경우도 있고 피디나 작가랑 소통이 안 되는 경우도 있을
건데, 나는 그때 빨리 그만둘 수 있었으면 좋겠어.
내가 필요가 없어지거나 아니면 아까 수평적인 관계
얘기했잖아. 그런데서 좀 떨어진다는 느낌을 받거나 그러면

과감하게 그만두고 떠날 수 있었으면 좋겠어. 그러려면
조건이 많아. 경제력도 갖춰야 하고. (웃음) 은경피디는 왜
열심히 일하는지 모르겠는데 나는 창피하기 싫어서 열심히
일하는 거거든. 자존심 상하는 게 싫어서. 내가 창피하지
않을 때까지만 일하고 싶어요.

"너 레전드? 나 레전드! 오키오키"

유서진 + 〈돌싱글즈〉〈사이렌: 불의 섬〉〈더블 트러플〉
〈북유럽〉에 작가로 참여
〈사이렌: 불의 섬〉 막내 작가

채성운 + 〈서진이네〉〈사이렌: 불의 섬〉에 피디로 참여
〈사이렌: 불의 섬〉 막내 피디

은경피디(이하 은경) 서진작가님은 이 일을 어떻게 시작하게

되셨나요.

서진작가(이하 서진) 면접인가요. (웃음) 아동복지학과였는데 제가

국문과를 복수전공했어요. 미디어학부를

원래 가고 싶었는데 성적이 안돼서⋯ 그럼

'국문과를 해볼까' 했는데. 저는 비슷한 건 줄

알았어요. 그런데 비슷하진 않더라고요.

은경 미디어학과랑 국문과랑 비슷한 줄 알았다고요?

사회학부랑 인문학부인데요.

진아작가(이하 진아) 서진이가 좀 자기 마음대로 생각하는 경향이

있죠?

서진 심지어 고전문학을 전공했습니다.

은경 미디어는 뉴미디어인데 문학은 고전⋯.

서진 비슷한 줄 알고 하다가 졸업할 때 되니, 뭘 할까

고민이 되더라고요. 그래서 작가 아카데미를 다니게

됐어요.

은경 아카데미는 왜 가야겠다고 생각했어요.

서진 방송계에서 한번 일해보고 싶다는 생각은 있었는데.

편집하고 이런 건 못할 것 같더라고요 아무리

생각해도.

성운피디(이하 성운) 저도요. (웃음)

서진 아카데미 간 게 어린 나이는 아니었어요. 휴학도 하고

287

졸업도 하고 간 거라. 스물다섯?

은경   진아작가님도 아카데미 출신이시죠. 몇 기세요?

진아   저는 40기.

서진   비슷하네요.

은경   몇 기세요?

서진   저는 73기 (웃음)

진아   별로 차이 안 나네요. 10년. 성운피디님은 어떻게 이 일을 하게 되셨나요.

성운   저는 원래 광고홍보학과를 졸업하고 콘텐츠 같은 걸 만드는 일을 하고 싶었는데 산업이 많이 바뀌면서 제가 하고 싶었던 광고랑은 달라진 것 같더라고요. 고민하고 있던 와중에 여기 계신 〈사이렌〉 메인 피디님의 권유로 피디 일을 시작하게 됐습니다.

은경   〈사이렌〉 메인 피디님이 왜 그 일을 권유한 것 같으세요.

성운   음…… 아무래도 저의 어떤 센스와 감각 같은 것이 아닐까.

서진   막내 피디가 없었던 게 아닐까요 (웃음)

은경   확실하다. 그게 먼저다. 서진작가님은 작가 일을 시작하기 전에 '어떤 작가가 되겠다' 이런 다짐 같은 게 있었나요.

서진   막내 작가가 힘들다는 거는 많이 들어서 그 이상의

유서진 작가, 채성운 피디

선배가 되겠다는 걸 꿈꾸지 않았던 것 같아요.
일단 막내작가가 돼서 작가 일을 시작하는 것만
생각했으니까. 밤새고 바쁘고 이런 게 재밌을 것
같았어요. 제가 진짜 잘할 줄 알았거든요.

은경 잘할 거라고 생각한 이유가 뭐예요.

서진 저는 밤새 노는 것도 잘했고, 힘들고 바쁘고 이런
걸 좋아했어서 되게 잘할 거라고 생각했어요. 막상
들어와보니 그건 아니었지만. 딱히 꿈꾸는 건 없었고

그냥 빨리 일을 시작하고 싶다, 현장에 가고 싶다는 생각만 했던 것 같아요. 근데 현장보다는 집에 있을 일이 더 많더라고요. 그때 딱 코로나여가지고.

성운 저는 작가님과 반대로 방송계에 대한 로망이 컸던 것 같아요. 내가 만든 게 사람들한테 회자되고, 의미를 전달하고 이런 거에 대한 로망이 있었던 것 같아요. 그 뒤에서 어떤 일들이 있는지는 보이지 않으니까 상상하기가 어렵고.

진아 막상 와보니 어땠어요.

성운 기획하고 이런 단계에서는 되게 즐겁고, 내가 얘기했던 것들이 현실이 되니까 더 이야기하고 싶고 그랬는데 막상 촬영 현장에 가보니까 내가 지금 무슨 프로그램을 하고 있는지 까먹을 정도로 정신이 없었어요. (웃음) 너무 많은 일들이 한 번에 생기니까. 그냥 내가 해야 할 일을 하나 해치우고 다음에 또 하나 해치우고 그렇게 정신없이 하다 보니까 촬영이 끝나 있더라고요.

은경 뭐가 그렇게 정신이 없었나요.

성운 근데 또 막상 돌아보면 제가 어떤 일을 했다고 얘기하기가 되게.

서진 맞아 맞아. 나도 나도.

성운 제가 뭘 했는지 사실 잘 기억이 나지 않는데 그냥 항상 핸드폰을 붙잡고 있고 제가 뭔가를 해결한다기보다 해결하는데 어떤 도움을 줘야 하고. 정말 사소한 걸로는 '화장실이 안 돼요' 이런 걸 저한테 얘기하면 수도관도 해결해야 하고 전기도 해결해야 하고. 뭔가 딱 '어떤 일을 네가 했어'라고 물어보면 제가 뭘 했다고 얘기할 수 있는 건 없는 것 같은데, 그냥 굉장히 바빴던 것만 기억이 나요.

서진 저도 제가 뭘 했는지 모르겠어요. 되게 바빴던 것 같은데 돌이켜보니 한 건 없고. 상상했던 것보다 더 힘들었던 것 같아요.

진아 그럼 각자 가장 힘들었던 순간을 얘기해봐요.

성운 저는 진짜 생각나는 거 하나 있거든요. 제가 선배한테 혼났던…

은경 혼은 많이 났잖아. (웃음)

성운 그중에 딱 기억에 남는 게 촬영장 아레나에 흙을 깔았어야 했거든요. 씨름장에 까는 흙같이 폭신폭신한 흙을 깔아서 출연자의 안전을 대비하는 목적이었어요. 미관상의 이유도 있었고. 근데 그 흙 색깔이 원래 백색이었어요. 선택지가 5개 정도 있었는데 그중에 가장 폭신폭신한 흙을 해야 했고 선배가 이 색깔로 하자 해서 백색 흙을 주문했거든요. 그래서 기사 분이 그 흙을 가져왔는데 까보니까 주문한 백마사가 아니고 노란빛의 황마사인 거예요. 제가 그때 선배한테 전화를 받았을 거예요. '성운아 흙이 왔는데 백색이 아니다' 그래서 제가 뛰어갔는데 사진으로 봤던 흙이 아닌 거예요. 근데 기사님이 백마사를 구하기가 힘들어서 그냥 황마사를 가져왔다는 거예요. 그리고 심지어 저희가 확인도 안 했는데 이미 흙을 부어버리셨어요. 그러니까 흙을 바꿀 수도 없는 거예요. 그걸로 가야 되는 상황인데. 바꾸고 싶은데 바꿀 수 없고 이대로 진행해야 한다는 게 너무 속상한 거예요. 그래서 제가 좀 화가 났거든요. 프로그램에 줄 영향을 생각하니까 스트레스도 엄청 받고 화도 나는데 할 수 있는 건 없고. 그래시 제가 굳은 일굴로 기사님한테 따졌어요. 그랬더니 기사님이 또 이런 식이면 자기도 일 못한다고 갑자기 적반하장으로 나오는 거예요. 근데 그때 선배가 아무 일도 없었던 것처럼 '그러면 저희가 어떻게 해야 할까요. 기사님이 제일 잘 아시니까 의견을 주세요' 이러는데 저는 막 옆에서 막 화가 나서 '어후 씨' 이랬거든요. 근데 선배가 기사님이랑 딱 정리를 하시더니 '성운아 일로 와봐. 너 가서 담배 하나 피고 와' 하셨어요. 그래서 제가 '아 선배 저 진짜 괜찮아요' 이랬는데 '아니, 너 지금

사실 너의 모든 일들은
결국 사람 관리였거든.

그냥 가서 담배 피고 와' 그래서 제가 담배를 피고
왔는데 선배가 저를 불러서 얘기하시더라고요. '이런
현장에서는 피디가 상황에 대한 책임을 져야 하고,
모두가 담당자인 너를 보고 있기 때문에 너를 숨기고
현명하게 해결해나가는 법을 알아야 한다. 근데 너가
지금 스트레스 때문에 그걸 못하는 것 같다. 너한테
개인적이고 프라이빗한 시간이 필요한 것 같아서
너를 잠깐 빼놓은 거다. 근데 이거는 정말 좋지 못한
태도다'라고 선배가 얘기하셨어요. 근데 또 그 얘기를
들으니까.

(일동 웃음)

진아   나는 왜.

성운   '나는 왜 이럴까' 하고. 선배가 툭툭 어깨 치면서 '이제
가' 이래서 가는데. 가는 길에 누구를 만났는데 '성운
왜 그래' 하면 '아니에요' 그랬던 그때가 업무적으로

힘들었던 순간인 것 같아요.

진아   뭔가 현장이 내 맘대로 흘러가지 않는 그런 경우를
처음 봐서 그런가.

은경   내 생각엔 네가 그때 왜 화가 났냐면, 그때 네가 했던
모든 일들이 네 맘대로 될 수 없는 일이었던 거야.
사실 너의 모든 일들은 결국 사람 관리였거든.

서진   맞아 맞아.

은경   '길을 뚫어' 이런 게 아니라 길을 뚫는 사람을
관리하는. 모래를 까는 사람을 관리하는. 근데 얘는
아마 처음에 그렇게 생각했을 거야. 길을 뚫는 게 나의
일, 모래를 까는 게 나의 일. 근데 그게 다 본인이 직접
하는 게 아니라 그런 사람들을 관리하는 일인거야.
근데 사람의 마음이 단번에 사지는 게 아니거든. 모든
사람들은 개인의 이익을 위해서 일하니까. 우리도
우리의 이익이 있듯이 그들도 그들의 이익을 위해서
일하는 거니까 당연히 그 접점이 딱 맞아 떨어지는
경우는 없어. 근데 그 분들은 그 분야에선 경력이
우리보다 훨씬 많고. 그러니까 자기에게 유리하게
일을 만들려면 얼마든지 그렇게 만들 수 있는
사람들이고. 그래서 그런 일에 일희일비하면서 나를
자책하거나 뭔가 그 사람을 미워해봤자 해결되는
일이 하나도 없는 거지.

사람의 마음이
단번에 사지는 게
아니거든.

성운   그래서 선배가 가장 많이 했던 얘기가 '자책보다 대책.'

은경   자책해봤자 해결되는 게 아무것도 없으니까.

자책하느라 하루를 망치면 그거 말고도 해야 될 일이

많은데. 나도 그랬던 적이 많으니까. 상황이 발생했을

때 대처하는 법을 알려주고 싶었던 거지.

성운   제가 원래 성격이 욱하는 것도 있는데 그때 이후로 제

일하는 방식을 돌아보게 됐던 것 같아요.

진아   서진이 너는 제일 힘들었던 게 뭐야.

서진   저는 소품이 없어졌을 때가 가장 당황스러웠어요.

제가 못 찾았을 때도 있고, 제가 다른 데 있는데

언니들이 연락 와서 '서진아 이거 어딨어' 하면 이게

설명이 안 되는 거예요. 저는 그게 어딨는지 아는데.

저희 소품실이 언덕에 있었잖아요.

은경   저희 그때 기본 하루에 2만 보씩 걸었잖아요.

선배가 가장
많이 했던 얘기가
'자책보다 대책'

진아   2만 보는 무슨. 3만 보씩 걸었지.

서진   맞아요. 저는 그렇게까지 안 했어도 되는데 마음이
급하니까 '제가 갈게요' 하고 계속 뛰어다녔는데
그러면 또 언니들은 기다려야 하고. 근데 또
내려갔는데 끝끼지 못 찾아서 다시 구매하러 나가고
그랬어요. 그게 제일 힘들었던 것 같아요. 한번은
저희가 쓰기로 한 깃발을 잃어버린 거예요. 근데
진아언니한테 말을 못하겠는 거예요. 그래서 원래
쓰기로 한 거 말고 다른 깃발이 있었거든요. 그걸
가지고 언니한테 가서 없어졌다는 말은 안 하고 '제가
생각하기에는 이 깃발이 더 나은 것 같다. 이 깃발로
바꾸는 거 어떻게 생각하세요' 그랬더니 언니가
'마음대로 해.'

(일동 웃음)

296

서진　'와 다행이다' 이러고.

은경　얘도 그때는 정신이 없으니까.

서진　'마음대로 해. 너 하고 싶은 대로 해' 하셔서 다행이다 이러면서. 근데 그 잃어버린 깃발 마지막 날 찾았어요. 죄송해요 언니.

(일동 웃음)

은경　이제야 말할 수 있다.

서진　진짜 별거 아닌 소품이거든요.

진아　아니야. 그건 별거지.

은경　별거죠. 별거 아닌 일이 어딨어요. 그러면 힘들었던 순간들은 알겠고. 혹시 즐거웠던 순간들이 있었다면.

서진　촬영 시작하고 나서는 맨날 즐거웠어요. 준비할 때 엄청 멘붕이었거든요. 멘탈이 완전 나가 있었는데 촬영 딱 시작하고 첫날부터 너무 즐거웠어요. 시작을 하니까 물론 소품도 없어지고 힘든 것도 많았는데 그래도 해결이 되는 느낌? 스스로 계속 해결을 하고 있는 느낌?
아레나전 할 때 아레나 담당이었는데 그게 하나씩 끝날 때마다 '와 나 오늘 하나 해냈다' 이런 뿌듯함이 엄청 컸어요. 몸은 힘든데 생각보다 즐겁게 일했던 것 같아요. 출근하면 '오늘도 시작' 이러면서.

성운　즐거웠던 순간은 감독님들 옆에 붙어서 촬영하는 걸

> 실제 촬영하는 순간을 볼 때
> 되게 즐거웠고.
> 출연자들이 깔아놓은 판에
> 몰입하는 걸 볼 때
> 즐거웠던 것 같아요.

볼 때? 서진 작가님도 아시겠지만 저희가 촬영하는
장면을 잘 볼 수 없으니까. 실제 촬영하는 순간을
볼 때 되게 즐거웠고. 출언사들이 깔아놓은 판에
몰입하는 걸 볼 때 즐거웠던 것 같아요. 거기에 더해서
저는 행복했던 기억이 있는데 제가 촬영하면서 두 번
정도 울었거든요.

서진 울었다고요?

성운 저는 보통 행복할 때 눈물이 나는 편인데 한번은
그때였어요. 패자부활전 끝나고인데. 며칠 전까지만
해도 서로 모르고 으르렁대던 사람들이 거기서
서로 부둥켜안고 '고생했어' 하면서 우는데 갑자기
눈물이 나는 거예요. 그때 뭔가 '이 사람들이 진심을

별거죠.
별거 아닌 일이 어딨어요.

다했구나' 결과가 어떻든 간에 최선을 다했다는 게
느껴져서 그때 뭔가 행복하면서 보람을 느꼈던 것
같아요. 그리고 또 하나는 촬영 끝날 때. 다 같이
모여서 아레나에서 사진 찍을 때.

은경   그거네, 드디어 끝났다.

성운   네. 정리해야 하니까 '다들 빨리 나갔으면' 하면서.
(웃음)

서진   피디님 우셨구나 몰랐네. 피디님한테 맨날 '피디님
저희 행복하잖아요' 이러면 시뮬레이션 할 때는
다 받아주셨거든요. 근데 촬영할 때 '아니요. 저는
행복하지 않은데요' 이러는 거예요. '배차만 없으면
행복할 것 같아요 작가님'

성운   아직도 기억나는 게 촬영 끝나고 다음 날이었나.
은경선배랑 작가님이랑 걸어오시는데 제가 엄청
웃으면서 '안녕하세요' 이러니까 선배가 '너 끝날 때

되니까 이제야 웃는다' 이러면서. (웃음) 그날 날씨가 좋아서 그랬어요.

은경 너무 부럽다 성운아. 너무 부러워요 작가님.

서진 부럽다고요?

은경 네 부러워요. 그냥 순간순간 즐길 수 있다는 게. 저는 일할 때 주로 괴롭기만 한 것 같아요. 제가 수상 소감으로 말했던 제작진들에게 '한 수 배웠다'는 게 이런 거예요.

진아 누구보다 힘든 게 막내인데. 아무리 일해도 티도 잘 안 나고. 촬영 끝나고도 얘기했어. 촬영을 저렇게 즐겁게 하는 막내 작가 본 적 있냐고. 능력이야. 일을 즐기는 건.

은경 갑자기 궁금한 건데 작가님이 생각하시는 저는 어떤 사람이에요?

서진 피디님이요? 메인피디님에 대해서는 깊게 생각해보지 않아서.

은경 저도 깊게 생각하지 않으셨을 것 같아서 가볍게 물어보는 거예요. (웃음)

서진 엄청 정확하신 것 같아요. 뭔진 모르겠지만 피디님만의 기준이 있는 것 같은 느낌? 처음에는 진아 언니랑 잘 안 맞으신 줄 알았어요.

(일동 웃음)

능력이야. 일을 즐기는 건.

서진   싸우는 건가? 근데 싸우는 게 아니었어.

은경   그거 싸운 거예요.

서진   싸운 거였구나.

은경   그럼 성운이가 생각하는 메인 (진아) 작가님의 장점은?

성운   잘 듣는 것 같아요. 사람들이 얘기할 때 흘려보내는 것들이 있는데, 사람들의 말을 그냥 흘려보내지 않고 하나하나 깊게 생각해보는 것 같아요 다른 사람들보다. 사람들이 이야기할 수 있게 끌어내주는 것 같아요. 근데 그건 선배도 그런데. 끌어내는 방식이 두 분이 달라요.

은경   어떻게 다른데?

성운   선배는 계속 이걸 탐구하는 느낌이거든요. 그래서 선배한테 질문 받으면 약간. 당연하게 생각했던 건데 '내가 왜 그랬을까' 하면서. (웃음) 근데 작가님이랑

301

이야기를 꺼내게
하는 게 작가님이면
이야기를 꺼냈을 때
구체화시키는 게 선배예요.

얘기하면 신나서 뭐든 계속 떠들게 되는 것 같고.
얘기가 이리로 갔다 저리로 갔다 하는 것 같고.
선배랑은 얘기하다 보면 저도 생각하는 게 많아지는?
이야기를 꺼내게 하는 게 작가님이면 이야기를
꺼냈을 때 구체화 시키는 게 선배예요.

은경 근데 결국에 너는 모르겠는 상태가 되는 거잖아.
공허해지고.

성운 그쵸. 근데 그건 제 몫인 거예요.

(일동 웃음)

은경 자기에 대해 계속 잘 모르겠는 거네. 내가 왜 여기
있는지도 모르겠고. 눈물은 나는데. 마음은 공허하고.
근데 왜 이 일을 계속하고 싶다는 거야 너는.

성운 우는 건 좋은 거 아닐까요.

막내인데도
의견을 어필할 수 있는
기회를 주는 거? 그게 제일
다른 부분인 것 같아요.

은경　끝나서 운 거잖아.

서진　다 끝나고 마지막에 피디님이랑 저랑 한 차 타고 서울
　　　　 갔잖아요. 그때 그 어느 때보다 신나게 얘기했잖아요.

진아　무슨 얘기했어?

서진　연애 얘기.

(일동 웃음)

성운　누가 촬영 얘기 꺼내려고 하면 '아 그 얘기 지금
　　　　 꺼내지 말라고'

은경　촬영 이야기는 볼드모트지.

진아　얘기도 꺼내지 말라고 할 정도로 힘든데 이 일을
　　　　 계속하는 이유는 뭐야. 이 일의 장점.

서진　저는 일을 하나 하고 쉬고, 하나 하고 쉬고 이런 걸
　　　　 좋아하고. 그리고 이제 바로 나오잖아요. 제가 준비한

것들이. 진짜 좋아요.

은경　진짜 잘 맞아요?

서진　저는… 잘 맞아요. 근데 지금 좀 여유로워가지고. 힘들 때 물어보시면 다를 수 있어요. (웃음)

은경　작가님은 그럼 이 팀에 오기 전에 다른 팀들도 경험해보셨는데, 이 팀만의 다른 점은 뭐가 있었어요.

서진　회의가 진짜 달랐고요. 저는 많이 안 해보고 장르가 다른 프로그램들이라 잘 모르겠지만. 저희는 회의를 할 때 모두가 다 얘기를 하잖아요. 그게 처음에는 되게 부담스러웠는데. 엄청 이상한 소리를 해도 아무렇지도 않게 '그래?' '그렇게 생각하시는구나' 해주시니까 점점 말하는 게 부담스럽지 않았던 것 같아요. 막내인데도 의견을 어필할 수 있는 기회를 주는 거? 그게 제일 다른 부분인 것 같아요. '이걸 하고 싶어요'라고 얘기하는 게 신선한 경험? 그리고 하다 보니 너무 설득하고 싶다 (웃음) 저는 식료품점에 아무것도 주지 말자파 였거든요. 김치를 왜 줘 하면서 그걸 너무 설득하고 싶었는데. 지금 생각해보면 재밌었던 것 같아요.

진아　근데 결국 식료품점에 음식을 많이 넣었잖아. 그건 설득이 됐어?

서진　그때 당시에는 설득이 완벽히 되지는 않았던 것

촬영현장으로 답사를 떠났던 때.

            같은데. 이제 편집본을 보고는 완전히. '내가 너무
            잘못 생각했었다'라는 생각이 들긴 했어요.

성운   고기 안 넣었으면 '고기?' 이 장면도 없었을 뻔.

(일동 웃음)

은경   작가님은 최종 꿈이 있으세요?

서진   저… (성운피디 가리키며) 같이 메인 하는 거.

(일동 웃음)

서진   메인 작가 해야죠. (웃음)

은경   성운이 생각은.

성운   저요?

서진   하셔야죠.

성운   해주신다는데.

서진   (웃음)

진아   성운피디님의 어떤 점이 같이 해보고 싶은 거야.

성운   그냥 여러 명한테 얘기하는 거 아니에요?

(일동 웃음)

서진   옆에 있으니까.

은경   아무한테나 플러팅하는게 아니라면 (웃음) 작가님이
      생각하는 성운이의 장점이 있을 것 같아요.
      저는 진아가 가지고 있는 장점이 저를 완벽하게
      보완한다고 생각해서 나중에 같이 일하고 싶다고
      생각했었거든요.

서진   저희 답시 갔을 때 그때 은경피디님이 그러셨던 것
      같은데. 창대 감독님한테. (성운 가리키며) 레전드
      막내라고.

은경   그래서? 나도 레전드 막내니까?

서진   너 레전드? 나 레전드! 오키오키.

(일동 웃음)

서진   성운피디님이 근데 진짜 많은 걸 했잖아요. 피디님
      롤이 진짜 많았잖아요. 근데 그걸 다 하셨다는 게 그
      정도면 나랑 할 수 있겠군. (웃음) 저희가 생각보다
      붙어서 일을 하진 않았어요.

은경   왜냐면 둘 다 뛰어다니니까.

서진   근데 가끔 제가 피디님한테 '이런 건 너무너무
        힘들지 않아요?' 이러면 피디님이 '아 그쵸. 작가님
        진짜 힘드시겠다' 이러는 거예요. 만약에 저한테
        피디님이 똑같은 걸 물어보셨으면 저는 '네? (노 이해)'
        이랬을 텐데. 나도 힘든데. 근데 피디님은 항상 잘
        들어주셨어요.

은경   진짜로 얘기하는 것 같은데?

성운   그럼 저도 메인 피디가 될 때까지 최선을
        다해보겠습니다.

"대한민국에

이 프로그램을 하는

N년 차 작가는

나밖에 없어."

장단비   +   〈사이렌: 불의 섬〉〈백스피릿〉
〈배달해서 먹힐까〉〈커피프렌즈〉〈스트리트 푸드 파이터 1〉
〈윤식당 1, 2〉〈삼시세끼〉〈신서유기〉〈꽃보다 청춘〉 등
〈사이렌: 불의 섬〉 마스터 담당 작가

황지영   +   〈사이렌: 불의 섬〉〈백스피릿〉〈공부가머니〉
〈슈퍼밴드〉〈윤식당 2〉〈삼시세끼 바다목장편〉 등
〈사이렌: 불의 섬〉 스턴트, 경찰팀 담당 작가

하정은   +   〈불꽃밴드〉〈사이렌: 불의 섬〉
〈다빈치 노트〉〈업글인간〉〈뮤직뱅크〉〈슈퍼밴드〉
〈300〉〈우주를 줄게〉 등
〈사이렌: 불의 섬〉 소방, 경호팀 담당 작가

이수빈   +   〈사이렌: 불의 섬〉〈백스피릿〉
〈배달해서 먹힐까〉〈플레이어 1〉〈커피프렌즈〉
〈스트리트 푸드 파이터 1〉〈신서유기〉 등
〈사이렌: 불의 섬〉 군인팀 담당 작가

강은혜   +   〈조선체육회〉〈사이렌: 불의 섬〉〈노는언니 1,2〉
〈플레이어 1,2〉 등
〈사이렌: 불의 섬〉 운동팀 담당 작가

#작가 N년 차

진아작가(이하 진아) 자기소개 먼저 해볼까요.

수빈작가(이하 수빈) (초)창기 멤버고요. 작가 8년 차입니다.

단비작가(이하 단비) 저도 초창기에 같이 했는데, 피디님이랑 언니랑 안지는 수빈이보다 오-래 됐고요. 7-8년?

은경피디(이하 은경) 무슨 소리세요. 작가님 1년 차 때부터 봤는데!

진아 너 막내작가때부터 봤잖아 우리!

수빈 기억을 지워버리신 거예요? 삭제?

은경 1, 2, 3년 차를 지워버리셨네요. 저랑 〈삼시세끼〉 때 벽에 거는 액자 뭐로 할지 싸웠잖아요.

단비 아 맛다 맞다. (웃음) 10년 차 작가 장난비입니다.

은혜작가(이하 은혜) 저는 7년 차고요. 처음에 수빈선배가 오라고 해서 무슨 프로그램인지 모르고 왔습니다.

(일동 웃음)

지영작가(이하 지영) 저는 9년 차 황지영이고요. 진아 언니의 왼팔 손목? 정도 되지 않을까 싶고 (웃음)

수빈 아 1번 소개 진짜 불리하다! (목이 탄다)

지영 그전에 〈윤식당〉이랑 〈삼시세끼〉를 진아언니랑 단비선배랑 같이 하고, 좋은 인연이 되어서 지금까지 같이 일하고 있습니다.

정은(이하 정은)   저도 역시 9년 차 작가 하정은 이고요. 인생의
동반자 황지영 언니가 (웃음) 같이 하자고 해서
약간 말로만 듣던 전설적인 두 분을 처음 만나
이 팀에 합류하게 됐습니다.

#대지에 꿈을 펼쳐라

진아   정은이는 이 팀에 합류할 때 지영이가 뭐라고 한
거야?

정은   약간… 니 꿈을 펼칠 수 있다?

지영   3만 3000평 대지에 너의 꿈을 펼쳐라!

(일동 웃음)

정은   보통 방송을 만드는 방법이 체계적이기도 하고, 보고
형식으로 하는 팀들도 많은데 여기 오면 아이디어
회의도 많이 할 수 있다고 해서. 네가 원하는 프로그램
할 수 있을 거라고 설득했어요.

지영   내가? 원하는 프로그램이라고 하진 않았을 것 같은데
(웃음)

정은   제가 그때 작가 일에 대해서 고민이 많던
시점이었어요. 다른 프로그램을 하다가 도중에
그만두고 여기로 넘어왔거든요. 그 당시에는

여기 오면 아이디어 회의도
많이 할 수 있다고 해서.
네가 원하는 프로그램
할 수 있을 거라고

아이디어를 내도 선배들 선에서 커트가 되는 경우도
있고, '너 그런 얘기하지 마' 하면서 그 행동 자체에
혼나는 경우도 있었어요. 그런 것들에 너무 화가
나고 스트레스를 받았어요. 지영언니가 여기 오면
막내부터 해서 의견을 다 들어주는 팀이라고 하면서
많이 설득했던 것 같아요.

은경   (웃음) 근데 얘기 다 할 수 있다 그래서 왔는데, 얘기를
        진짜 계속 시키고.

진아   음악 프로그램 하다 왔다고 음악 관련 회의할 때
        무조건 '음악 작가 의견 들어볼까요' 그러고.

(일동 웃음)

진아   음악 프로그램을 많이 했는데, 새로운 걸 하는 게
        두렵지는 않았어?

정은 그 당시에 제가 '새로운 프로그램을 도전해봐야겠다' 생각을 너무너무 많이 하던 시점이었는데. 사실 해오던 걸 하는 게 저한테는 너무 쉬운 결정이잖아요? 근데 제가 새로운 걸 지금 안 해보면 계속 못할 것 같다는 생각이 들어가지고. 사실 프로그램 도중에 나오는 걸 너무너무 안 좋아하는데 지영언니도 있고, 이번이 아니면 야외 프로그램을 못해보겠다는 생각 때문에… 근데 '야외란 이런 것이다' 끝을 본 거 같아요.

진아 지영이는 친구를 데려오는 게 쉬운 일은 아니었을 것 같아. 작가들은 같은 연차의 작가와 일할 기회가 많진 않으니까. 나는 그게 좀 어려울 것 같긴 하거든.

지영 처음에 정은이랑 같이 일을 한 게 어렸을 때였어요. 4-5년 차 때쯤 〈슈퍼밴드〉에서 같이 동기로 만났었고, 작은 일부터 합을 맞춰가면서 '동기인데 이렇게 일을 같이 잘할 수 있구나'를 알게 됐어요. 그래서 그 프로그램 끝나고 헤어질 때 "우리 나중에 연차 많아지면 꼭 다시 같이 일하자" 이랬거든요. 뭔가 일을 너무 잘 하는 걸 알고 있고, 한 살 동생이긴 하지만 제가 배울 점도 많아서 꼭 그런 기회가 왔으면 좋겠다, 생각했는데 어떻게 마침 같은 연차를 구하게 되니까 '그럼 이건 정은이랑 꼭 해야 된다' 라고 바로

제가 새로운 걸 지금 안 해보면
계속 못할 것 같다는
생각이 들어가지고.

생각했어요. 제가 인맥이 없어서가 아니고 (웃음)

정은 약간 그게 맞는 것 같은데?

지영 사실 제가 엄청 큰 결단을 하게 꼬셨죠. 설득을 많이
했어요. 근데 저는 확신할 수 있었던 거는 방송 일을
하면서 다른 딤에서 겪을 수 있는 거 말고, 우리
팀에서만 할 수 있는 게 있다고 생각해서.

은경 그게 뭔데요?

정은, 지영 꿈을 펼쳐라? (웃음)

지영 뭔가 침묵하지 않는 회의시간을 같이 해보고
싶어서. 걱정도 당연히 있었죠. 동기들끼리 같이
일하면 싸우고 부딪힐 일도 많으니까. 근데 저희는
잘 얘기하고 풀어가는 스타일이어서. 믿고 부를 수
있었던 것 같아요.

은경 쉬운 일은 아닐 것 같아요.

정은	많이 싸웠어요.
지영	집에 가기 전에 1층 로비에서 한 시간 동안 애기하다가 집에 올라가고.
진아	어떤 일로 그렇게 싸웠어?
정은	사소한 게 많았던 것 같아요.
지영	동기니까 항상 (뭐든) 공유해야 한다고 생각했던 것 같아요. 그래서 니가 하고 있는 일 나도 알아야 하고, 뭘 결정할 때 같이 결정했으면 좋겠고. 이런 것들이 있는데 후반으로 갈수록 바쁘게 돌아가는 일들이 많으니까.
정은	제가 맨날 지영언니에게 성질내는 사람이고, 지영언니는 '아니 그런 거 아니고~' 하면서 계속 달래주는. (웃음)
지영	정은이가 어떤 의문점을 제시하면, 저는 내가 왜 이런 결정을 했는지를 설명을 해주고 또 그에 대해 의견을 주고받는 시간이 길었던 것 같아요.
은경	서진작가님, 저랑 진아 작가님이랑 안 친한 줄 알았다고 했잖아요. 맨날 싸워서. 둘은 친해 보였어요?
서진	엄청 친한 줄 알았어요. 한 번도 안 싸우신 줄 알았어요.
지영	왜냐하면 회사에서는 그렇게 안 하고, 집에 가는 길에

뭔가 침묵하지 않는
회의시간을
같이 해보고 싶어서.

얘기하거나.

정은 엄청 많이 싸웠는데 그치?

지영 맞아 맞아. 회사 밑에 로비에서 얘기하다가 가고. 집에
가기 전에 보통 그랬어요. 하루에 어떤 일이 생기면
생각하고 있다가 집에 살 때 '근데 너 왜 그렇게 했어?'
그런 식으로. 대신 하루나 이틀 지나기 전에 바로
풀었어요. 그러면 다음 날 또 아무렇지도 않게 다시
일하고. 웃으면서 안아주고 헤어지고. "알겠어~ 너
마음 알겠어~"

정은 다음 날 선물 사주고.

지영 맞아. 다음날 선물이랑 편지 줘요. '언니 내가 그렇게
얘기 했던 거는…' 이렇게 써서 편지를 줘요.

정은 성질내고 다정하게. (웃음)

진아 강서구 최수종.

지영   (웃음) 맞아요. 이벤트걸.

#너 요즘 운동하지?

진아   은혜는 수빈이가 처음에 소개를 해줘서 합류했는데.
그때 은혜는 어떤 상황이었어?

은혜   저는 그때 6년 차였는데, 그때 제가 〈플레이어 1,2〉
하고, 〈노는 언니 1,2〉 하고 계속 쉬지 않고 일을
했을 때라. 드디어 나도 언니들처럼 해외여행 가보고
쉬어야지, 생각했는데 수빈선배 연락이 왔어요.

진아   수빈이가 뭐라고 하면서 오라고 했어?

은혜   '너 요즘 운동하지? 체력 좋지?' 그래서 제가 '왜요?
선배 산 타요?' 했더니 '아니? 동산 정도?' 이러는
거예요. 그래서 '뭔데요?' 했더니, '오면 알아'

(일동 웃음)

은혜   근데 〈플레이어〉 때 워낙 좋게 헤어져가지고.
마지막에 저한테 손편지로 '너랑 헤어지는 게 가장
슬프고, 그게 가장 아쉽고, 돌고 돌아 우리가 언젠가
꼭 만나게 되겠지' 이렇게 적어서 주셨어요.

(일동 감탄)

지영   작가야 작가.

은혜   그래서 그걸 제가 방문 앞에 붙여놨거든요.

(일동 감탄)

은혜   근데 비올 때마다 저희 집이 습해서 편지가 다
          젖어가지고 결국 찢어져서 지금은 없어요. 제가
          사진을 찍어놓긴 했는데. 버리기 전에 찍었어요.
          좋은 기억이 있으니까. 저한테는 엄청 멋있었거든요.
          그때는.

진아   그때는… 수빈이는 어떤 이미지였는데?

은혜   조용하고 말도 없고, 일만 하고. 근데 이제 아무도
          없이 둘이서 밤새 사무실 남아서 얘기할 때는 엄청
          웃고 하는데, 사람들 들어오면 또 조용해지고. (웃음)
          그래서 약간 뭐지? 했는데…
          그 이미지를 생각하고 여기 왔는데, 제일 말이 많고,
          시끄럽고 (웃음) 그리고 〈사이렌〉 촬영하면서 같이
          숙소를 썼잖아요. 근데 맨날 애플워치 놓고 나가고,
          안경 놓고 나가서 제가 맨날 챙겨서 나갔어요. 많이
          놀랐어요. 여기서 모습이 완전 달라서.

진아   실망했어?

은혜   아니요? 실망보다는 신선한 충격이었던 것 같아요.
          완전 다른 모습이어서. 근데 〈플레이어〉 때는
          엄청 가까운 정도는 아니었는데 여기 와서 많이
          가까워졌어요. 같이 합숙하고 그랬으니까.

이 선배 진짜 강하구나,
얼마나 많은 걸 해봤길래
이걸 아무것도 아니라고 하지?

은경 합숙이라뇨. 저희 훈련 아니고 촬영한 거예요.

전지훈련 아니에요.

(일동 웃음)

수빈 은혜는 운동팀이라 어쩔 수 없어요.

진아 다른 팀 담당들은 팀원들한테 '00님~' 이렇게

부르는데 은혜는 '00선수~' 이렇게 호칭했잖아.

은혜 저 지금 프로그램 MC한테도 '현무선수'라고 할 뻔

했어요. 입에 붙어가지고.

진아 근데 수빈이랑 프로그램 하나밖에 안 했는데, 어떻게

바로 오겠다고 결정했어?

수빈 어떤 프로그램인지 자세히 말을 안 한 게 컸나.

은혜 사실 〈플레이어〉 할 때도 힘들었거든요. 그때 제가

맨날 선배한테 "선배 여기 너무 빡센 것 같아요"

하면 선배가 "아니야. 진짜 이거 하나도 안 힘들어.

아무것도 아니야." 하는데 눈이 진짜 건조하고, 항상 선배의 눈을 걱정했어요. 눈이 쪼글쪼글 해져서… 이거 하나도 힘든 거 아니라고 하니까 신뢰가 안 가긴 했는데 (웃음) 그러면서도 '이 선배 진짜 강하구나, 얼마나 많은 걸 해봤길래 이걸 아무것도 아니라고 하지?'라고 생각하고 그때부터 선배한테 힘들단 얘기를 안했어요. 그래서 약간 여기 오기 전에도, 느낌상 엄청 힘들 거 같은데, 선배가 있으면 해낼 수 있겠다는 생각이 들었어요.

근데 제가 여기 와서 선배한테 다시 물어봤어요. "선배 진짜 플레이어 안 빡셌어요?" 했더니 "진짜 빡셌지! 장난 아니었지!" 여기 와서 처음 들었어요. 그때 힘들었디는 얘기를.

진아 수빈이는 은혜의 어떤 점을 좋아해서 추천한 거야?

수빈 은혜는 감정이 엄청 오르지도 않고, 엄청 떨어지지도 않고 자기 일을 해요. 힘들다는 얘기를 얘도 잘 안 해요. 저 친구가 지금 괜찮은 건가, 이 직업이 맞는 건가 생각을 한 적도 있었는데 계속 작가를 하고 있고, 잘 하더라고요. 그래서 한번 또 같이 일하면 좋겠다 생각해서 연락은 계속 하면서 지냈어요.

은경 그런 편지는 정말 유일하게 쓴 사람이에요?

수빈 〈플레이어 1〉할 때 작가 10명이었는데, 그때 저랑 선배 1명이 그만두고 다 그대로 있었던 거예요.
그래서 그때 나갈 때 후배들한테는 편지 써야지
싶어서 편지를 썼어요.

은경   (서진에게) 편지 받았어요? 이번에 끝나고.

서진   (도리도리)

진아   (웃음) 은혜가 유일하긴 하네.

#화를 아래로 내더라고

은경   수빈작가님은 진아작가님하고는 인연이 없었는데,
단비작가님이 데리고 왔잖아요.

단비   처음이 〈백스피릿〉이었나?

수빈   네 맞아요.

단비   〈백스피릿〉때 한창 작가를 꾸릴 때였어요.
저랑 수빈이랑 오래 일한 걸 진아언니가 알고
있어서 수빈이에 대해 궁금해하셨던 것 같아요.
은경피디님이랑도 알고 자주 이름이 나오니까.
저한테도 수빈이가 나쁜 후배가 아니었고,

은경   표현이 완곡하네요?

단비   나쁘지 않았다? (웃음) 수빈이는 일할 때 책임감이
진짜 엄청난 것 같아요. 자기가 맡은 일을 남한테

넘기지 않고, 열심히 해내려고 하고. 그런 좋은 기억이 있어서 하나 다시 같이 해도 좋겠다 싶어서 수빈이한테 연락을 했었죠.

은경 작가님은 왜 거기에 응하셨어요?

수빈 저는 단비언니랑 〈커피프렌즈〉〈스푸파〉〈배달해서 먹힐까〉 세 개를 같이 하고, 〈커피프렌즈〉 끝나고는 각자 다른 팀에서 일하고 있었거든요.

단비 그때 연락 진짜 많이 했다.

수빈 맞아요. 그때 맨날 연락하고 '언니는 괜찮아요? 어때요?' 엄청 얘기를 많이 했어요. 왜냐면 그 전에 언니랑 프로그램 할 때 항상 제 위에가 단비언니여가지구. 근데 언니가 일을 엄청 잘하시고, 한 번도 저를 혼낸 적이 없어요. 제가 일을 못했는데도 언니가 한 번도 화를 내본 적이 없는 거예요. 항상 엄청 친절하게 알려주고.

은경 어떻게 화를 한 번도 안 냈어요?

수빈 그래서 와 진짜 단비언니는 계속 같이 일하고 싶다, 생각해서 괜히 다른 팀 가서도 언니한테 '언니 저 힘들어요, 언니 괜찮아요?' 계속 연락했어요. 근데 언니가 진아 언니랑 프로그램 같이 하니까 저도 궁금한 거예요. 단비언니가 한다고 해서 한 거였어요.

은경 진아작가님이 새로운 사람한테 한 번에 마음의

문을 여는 스타일은 아니니까. 마음의 문을 열려면 밑밥을 깐 듯 안 깐 듯 오래 깔아야 그나마 빨리 받아들이는데. 꾸준히 나랑 단비작가님한테 '수빈 그런 건 잘하지' '수빈 일 잘하지' 이런 이야기를 들어서 뭔가 받아들이는 시간이 쉬웠던 것 같아.

진아 맞아. 두 사람한테 이야기를 많이 들어서 그런지 나는 수빈이가 좀 익숙했어. 단비의 영향이 컸던 거 같아. 단비는 내가 1년 차 때부터 지금까지 봤는데, 단비가 괜찮다는 친구가 있대, 그리고 프로그램을 3개 정도 같이 했다고 하니까.

은경 그러니까. 단비작가님은 화도 잘 안내지만, 엄청 좋아하는 사람도 잘 없잖아.

단비 (웃음) 맞아요.

진아 맞아. 그런 단비가 '괜찮다'고 하고, 은경피디님도 '수빈작가님 밝고, 꼼꼼하고, 잘 한다'고 하니까 내가 같이 하지 않을 이유가 없었던 것 같아.

은경 그런 책임감과 꼼꼼함이 있.긴. 하니까. (웃음)

일동 있긴 하니까~ (웃음)

진아 그럼 이번에도 단비가 한 번도 화 안 냈어?

수빈 아니요. 이번에 처음으로…

(일동 웃음)

단비 대단한 프로그램이라니까요 진짜. (웃음)

수빈   그때 '꺼진 불도 다시 보자' 처음으로 시뮬레이션
       하는 날이었는데, 그날 제가 소품을 제대로 준비를
       못해가지고. 어떻게 화내셨는지 정확히는 기억 안
       나는데, 뭘 잘 못했는지 정확히 들었던 것 같아요.

진아   처음에 나는 단비가 애들에게 화를 내지 않는다고
       생각했어. 나는 목소리도 막 커지고 하는데. 근데
       단비는 목소리가 아래로. 화를 아래로 내더라고. 더
       단호하게.

단비   너무 더워서 그랬을까요. (웃음)

#작가로 살아남는 법

진아   작가 일을 할 때 가장 중요한 건 뭐라고 생각해?

단비   눈치. (웃음)

은경   왜 눈치예요?

단비   제가 그냥 눈치 없는 사람을 안 좋아해서 그런 거
       같아요. (웃음)

(일동 웃음)

진아   단비 칼 물었다.

단비   저도 눈치가 없을 때 있지만, 배울 수 없는 부분이라는
       게 있어요. 내가 어떻게 해결해줄 수 있는 부분이

없으니까.

은경 그럼 눈치 없는 사람은 작가가 될 수 없어요?

단비 작가는 될 수 있지만, 저랑은 안 했으면 좋겠어요.
근데 꼭 필요한 거 좀 많은 것 같은데….

수빈 맞아요. 많은 것 같아요. 하나만 꼽기가 어려워.

지영 다양한 걸 재밌어하고 관심도 많아야 하고.
세상만사에 관심이 있어야 하는 거 같아요.

은경 본인이 천직인 것 같은데요?

지영 맞아요. 저는 천직이죠. 얇고 넓게 아는 것. (웃음)
관심사가 프로그램에 따라 계속 이게 변해야 하니까.
내가 시골프로그램을 하면, 농사 어떻게 짓는지, 딸기
몇 월에 나는지, 오이 몇 월에 나는지 이런 걸 알다가.
술 프로그램 하면 막걸리 공부하고, 요리 프로그램을
하면 레시피, 요리도구 이런 거 알아야하고. 이런
서바이벌 프로그램 하면 미션에 대해 생각해야 하고.
군인 경찰 이런 직업군에 대해서도 알아야 하고. 그런
게 재미없다고 생각하면 많이 못할 거 같아요.

은경 작가님이 그런 얘기했잖아요. 부모님이랑 여행가서
좋은 카페 데리고 가면 "우리 딸이 작가라서 이런 좋은
데 데리고 온다" 얘기하신다고. 다들 그래요?

일동 저희 집도 그래요.

은경 진짜?

지영   맞아요. 역시 작가라서 이런 걸 잘 찾아~

은경   그게 신기한 것 같아.

지영   작가들이 리스트업도 많이 하고, 촬영 장소도 많이
          찾으니까 좋은 데 데려간다는 믿음이 있는 것 같기도
          하고요.

진아   그런 거 아닐까? 그 니즈에 맞춘 거지. 부모님이
          좋아하는, 엄마 아빠가 좋아할 만한 분위기, 뷰,
          근처에 볼만한 곳, 거기서부터 거리 이런 거.

은경   그거 진짜 중요하다. 얼마나 걸으면 식당이 있고.

지영   주차장 여부 중요하고, 의자 편해야 하고.

수빈   이번에 엄마 유럽여행 갈 때 여행 일정표 27장
          만들어줬어요. 엄마가 '너가 잘 하니까~' 해서.

지영   파워 J다 진짜.

정은   대화 기술도 진짜 필요한 것 같아요. 일할 때
          아니더라도 단체 생활 다른 데 가서도 얘기 한마디
          안 하고 있으면 예를 들어 "단비언니~" 하면서
          대화에 참여하게 하면서 챙기고 있는 거예요. 근데
          저를 아는 친구들은 그렇게 다 챙기면 피곤하지 않냐
          하는데 저는 자연스럽게 이 전체가 대화에 참여해야
          한다는 생각을 하는 것 같아요. 근데 사람들은 그게
          직업병이라고 하더라고요.

진아   원래는 안 그랬어?

정은　네. 저는 원래 어디 가면 입 다물고 있는. 얘기 잘 안
　　　하는 스타일인데, 남들이 다 안하면 제가 그걸 진행을
　　　어느 순간 하고 있더라고요. 그런 거 보면 이거 진짜
　　　직업병인 것 같아요. 근데 제가 일하면서 이런 게 많이
　　　필요하다고 느끼는 거 같아요.

은경　답답하니까. 빨리 회의 끝내고 집에 가야 되는데?

정은　빨리빨리 회의 하고 끝내고 싶은데 (웃음)

은혜　저는 온앤오프가 좀 확실해야 하는 것 같아요. 일상에
　　　이렇게 행동했어도, 어떤 프로그램 꾸릴 때는 그런
　　　습관을 버리고 가야 할 때도 있고. 저는 낯가림이 엄청
　　　심하고 소심한데, 섭외 전화 할 때 저희 가족들이
　　　놀라요. 제 목소리 듣고, '누구세요?' 그래요. 이게
　　　막내 때는 너무 못 견뎠어요. 근데 이제는 온앤오프를
　　　좀 구분해서.

진아　근데 안 힘들어? 나의 어떤 부분을 바꾸는 게

은혜　처음엔 엄청 힘들었는데 그렇게 해야 뭔가 부러지고,
　　　뭐가 되니까 더 중요한 게 된 거 같아요. 일이 안 되는
　　　게 더 힘든 것 같아요.

은경　저는 작가가 아니니까 옆에서 볼 때 진짜 대단하다고
　　　생각할 때가 진짜 1초의 '마'도 없이 전화 할 때. '거기
　　　그런 게 있나?' 하면, 어느 순간 전화해서 "사장님~"
　　　할 때. 요즘 전화 포비아 있는 사람들 많잖아요. 진아

작가님만 해도 "거기 오늘 열었나?" 말만 해도 벌써 "사장님~ 오늘 영업 하세요?" 전화 하고 있어요. 완전 직업병인거 같아요.

진아 나는 내가 원래 이런 애인 줄 알았어. 근데 생각해보니 내가 그걸 빨리 알아놔야 뒤에가 해결된다고 생각하니까 그게 습관이 된 거 같아.

지영 맞아요. 그리고 뭐 모르는 거 얘기 나오면 다 핸드폰 찾아보잖아요. 똑같은 거 보고 있는데.

은경 그래서 저는 회의 진행할 때 좀 미안할 때가 있었어요. 찾아봐달라고 얘기한 게 아닌데 "그런 게 있을 수도 있겠다" 말만 하면, 뭐가 있답니다, 저게 있답니다, 이렇게 하니까.. 혼잣말을 못 하겠는 거야. 회의 때 쓸데없는 얘기 많이 못 하겠더라고.

진아 만약에 우리가 서바이벌에 '작가팀'으로 출전하면 사람들이 뭐라고 할까?

정은 저랑 지영언니가 항상 얘기하는 게 있는데, 작가팀으로 나오면 저희 1등 할 거 같아요

수빈 왜요 왜요?

정은 악바리. 피지컬도 피지컬이지만, 악바리 정신이 중요해서. 저희는 1등할 거 같아요.

지영 악바리는 악바리인데, 1등은 못 할 수도 있어. (웃음) 근데 포기하지는 않는 것 같아요. 왜냐하면 현장에서

문제가 생겨도 포기는 바로 안 하잖아요. 일단 대체를
계속 생각해야 하니까.

은경　포기하지 않고, 협상을 잘할 것 같아. (웃음) 오시는
분들을 말로 설득해야 하니까. 잘할 거 같아.

정은　해야 하는 게 있으면, 꼭 해야 한다고 생각하는 게
작가인 것 같아요. 이걸 해결해야 하니까.

#베스트씬

진아　〈사이렌〉을 하면서 가장 좋았던 순간은 언제야?

정은　저는 기획. 너무 재미있었어요. 아이디어 회의 이렇게
제대로 해볼 수 있어서 재미있었어요.

수빈　저는 촬영할 때. 거기 감독님들 너무 많았잖아요.
아는 감독님들도 계시고, 처음 보는 분들도 있었어요.
근데 난생처음 보는 감독님들이 와서 "작가님 이거
너무 재미있어요"라고 세 명이나 얘기하는 거예요. 그
얘기를 들었을 때 진짜 좋았어요. 힘들지만, 사람들이
너무 재미있어 하니까. 우리만 재미있는 게 아니구나,
이걸 느꼈을 때.

단비　저는 다 끝나고 제작진, 전체 스태프 다 같이 사진
찍을 때 그 순간을 잊지 못할 것 같아요. 다들 막 너무

너무 재미있었어요.
아이디어 회의
이렇게 제대로 해볼 수 있어서
재미있었어요.

신나서 "고생하셨습니다" 하는데. 너무 좋기도 하고,
이제 잘 끝난 건가? 끝난 것 같긴 한데. 뭔가 아쉽기도
하고. 복잡하고 이상하고, 그래도 뿌듯했어요. 잘
끝나서.

은혜   저는 운동팀 팀원들한테 '이기는 것도 중요하지만,
안 다치고 즐거운 추억 만드는 것도 중요하다'고
얘기했었는데, 제가 잊고 있었던 거죠. 이 사람들은
승부사라는 것을. 이겨야 즐거운 사람들이라는 걸
잊고 있었어요.

은경   그럴 수 없죠.

은혜   그걸 망각하고 있었어요. 맨날 배고파하고… 질 수도
있다고 생각하니까, 이게 즐거운 추억이 안 될 수도
있겠다고 생각했는데, 끝나고 나니까 헤헤 웃고

> 힘들지만, 사람들이
> 너무 재미있어 하니까.
> 우리만 재미있는 게 아니구나,
> 이걸 느꼈을 때.

다니면서 저한테 "작가님 말대로 좋은 추억이 되어서
너무 감사하다"고 하는 거예요.

은경 1등 해서 좋은 추억이 된 것 아닐까요?

은혜 물론 그것도 있지만, (웃음) 이 사람들에게 좋은
추억이 되길 바랐는데 진짜 그렇게 기억해줘서 그게
제일 좋았어요.

지영 저는 촬영하는 동안 저 출연자들이 몰입해서 하는 건
알겠는데, 저 사람이 여기서 뭘 얻어갈 수 있을까 그런
생각을 했던 것 같아요. 특히 경찰은 공무원이니까
이 프로그램에 나온다고 연예인을 할 것도 아닌데,
이 프로그램에 나오는 게 그들에게 어떤 득이 될까?
생각을 혼자 했었거든요. 근데 촬영 끝나고 경찰팀,
스턴트팀에게 너무 고생하셨다는 연락을 했는데,

자기가 이 프로그램을 보고
다시 한번 초심을 생각하는
계기가 됐다고,
감사하다고 하시더라고요.

'아주 무료하던 일상이었는데, 이 프로그램에
나오니까 내가 이 직업을 왜 선택했는지 다시 한번
생각하고 더 열심히 삶을 살아야겠다는 생각을
한다'는 내용의 답을 진짜 많이 받았어요. 그 사람들의
삶의 의지가 여기서 불타오르는 계기가 된 거니까.
그 메시지를 받았을 때 진짜 기분 좋고, 뿌듯했던 것
같아요.

정은 저는 이것과 비슷한 얘기로, 미팅 했던 소방관 중에
이번에 같이 못하게 된 분들이 엄청 연락 많이
왔어요. 심지어 거절했던 분이 '작가님, 너무 멋있다.
저도 나갈 걸 그랬다. 너무 잘 봤다'고, 시즌2 하면
꼭 불러달라는 분들도 있었고. 고민하던 사람들이
이 프로그램 보고 '좋은 프로그램이었다'라고 얘기

해주는 것 같아서 진짜 잘했다 마음이 들었어요.

수빈 군인팀 봄은님 추천해주신 분도 연락 왔었어요. 그
분은 이제 아기 엄마로서의 삶을 살고 있었는데,
자기가 이 프로그램을 보고 다시 한번 초심을
생각하는 계기가 됐다고, 감사하다고 하시더라고요.

#도대체 왜 또 작가

진아 우리는 이 일을 왜 계속 할까? 솔직히 너무 힘들잖아.

지영 촬영할 때 재미있어서? 촬영할 때 재미있어요.
이번 프로그램을 예시로 하면 저희가 회의를 엄청
열심히 하고, 세계관을 만들고, 기지를 만들어서 판을
만들었을 때 거기서 촬영이 되는 과정이 즐겁고,
그게 결과물로 나왔을 때 사람들이 좋아해주니까.
그게 뿌듯하고 보람이 있는거 같아요. 즐거워하는
사람들이 많으니까. 근데 만들 때는 제가 힘드니까
잘 모르고 끝나고 나면 "촬영 때가 제일 재미있었지"
생각하는 것 같아요.

진아 너 촬영장에서 기억 안나? 나 마주쳤을 때 "언니 저
집에 가고 싶어요" 그랬잖아.

정은 (웃음) 미화됐어, 또.

지영   그니까 되.돌.아.보.면. 촬영할 때가 제일 재미있었던 거 같아요. 그래서 힘든 그 기간을 버티는 것 같은 느낌. 이건 다른 프로그램 할 때도 마찬가지인 것 같아요. 일주일 내내 짜증나다가도 그 방송 하루 녹화하는 날 재미있으니까 또 다음 주 거 준비하고.

단비   촬영할 때가 에피소드 제일 많잖아요. 항상 촬영할 때마다 환경도 바뀌고 사람도 바뀌는 게 당시에는 힘들지만, 지나고 보면 그게 제일 재미있는 것 같아요. 지나고 나면 계속 생각하면서 추억에 잠기면서 또 힘을 받는 것 같아요.

은경   환경이나 사람이 계속 바뀌는 게 장점이에요? 작가님은 외향적인 사람은 아니잖아요.

단비   그래서 옛날 친구늘이 지금 저 만나면 놀라요. 장난으로 "나 얘 말 못하는 애인줄 알았다" 그래요. 근데 이제 어디 식당가면 제가 예약하고, 전화도 제가 하고 하니까. 제일 많이 바뀌었다고 해요. 사회화 되고 있는 것 같아요 아직도.

수빈   힘들지만, 중독인거 같아요. 요즘 저희 할머니가 친척동생 삼성 들어갔다고 동네방네 만나는 사람마다 자랑 하시거든요. 제가 그때마다 할머니한테 "할머니, 대한민국에 넷플릭스 〈사이렌〉이라는 이 프로그램을 하는 8년 차 작가는 나밖에 없어." 이런 자랑하라고 해요. 남들이 쉽게 하지 못하는 특별함도 있고.
자부심이 있는 것 같아요. 힘들지만.

은경 그러고 보니 정말 유일하긴 하네요. 대한민국에 이
프로그램을 하는 8년 차 작가는 한 명이네.

수빈 맞아요! 그래서 할머니한테 "할머니! 삼성은 1년에
몇 백 명 뽑지? 나는 한 명 뽑아. 나를 자랑해야 돼"
그래요.

은경 멋있다. 그런 마음.

정은 많은 이유가 있지만, 방송이 도파민이 터지잖아요.
프로그램 하면서도 그렇고, 저는 지방 사람이니까
고향 내려가면 친척들이나 가족들이 '방송작가'라고,
난리가 난단 말이에요. 너무 재미난 이유가 많지만,
가족들이 내 직업을 좋아해주고, 어디 가서
자랑스러워하는 게 저는 뿌듯하더라고요. 친척들
만나서도 "우리 정은이가~" 이렇게 하시는 게, 이런
것도 중독인거 같아요. 그래서 너무 힘들어도 더 좋은
프로그램 가고 싶고 그런 것 같아요.

은혜 저는 시작하면 끝까지 하자라는 생각 때문에 기획-
종영 이렇게 하다가 연차가 쌓였는데요. 사실 끝까지
하는 마음이 중요한 거 같거든요. 근데 그러면서도
재밌다고 느끼는 게 매번 '이렇게 힘들 순 없다'
하는데 더 힘든 게 또 나타나고. '이거보다 더 추울

수는 없다' 해도 더 추운 날 촬영하고. 매번 '이게 되네?'라고 생각하면서 저도 모르게 계속 한계를 돌파하면서 단련이 되는 거예요. 그게 변태적인 중독성, 재미가 있는 것 같아요.

"뭐가 되지 말고 내가 되자"

"저랑요? 입봉을요? 왜요?"

처음 프로그램 '입봉' 제안을 받은 것은 내가 작가 일을
시작한지 4년째 되었을 때였다. 홍대입구역 근처 지금은
사라진 어느 횟집에서. 4년 차 작가였던 나에게 제안을
한 사람은 2년 차, 그러니까 그 당시 내가 있던 팀의 제일
막내였던 이은경 피디였다. 누가 먼저 이 일을 그만두나,
하며 경쟁하다가 약 1년 만에 성사된 술자리였다. 8년 차
선배피디에게 2년 차 때로 돌아가면 가장 하고 싶은 일을
물었다고 했다. 그 선배는 짝꿍 작가를 찾지 못한 게 가장
후회된다고 말했다는데, 그래서 자기는 지금부터 짝꿍
작가를 찾아야겠다 생각했다고.

듣자마자 손사래를 쳤다. 다음 주 촬영에 필요한 고추 모종

어떻게 구할지, 레몬 나무는 어디서 구할지, 〈삼시세끼〉에 출연하는 산양, 잭슨의 울타리는 다음 주까지 버텨줄지, 다음 프로그램은 어디로 가게 될지. 당장의 걱정 속에 하루하루 사는데 입봉이라니. 당장의 내일도 모르는 현실에 10년 뒤는 너무 먼 이야기라고 생각했다. 무엇보다 그때까지 한 번도 내가 메인 작가가 된다는 생각은 해보지 않았다. 그건 너무 '큰일'이었다. 왜 그랬냐 하면, 그때 내가 본 메인 선배는 모든 것에 정답이 있는 사람처럼 보였다. '와, 어떻게 저런 생각을 하지? 저 언니는 천재가 아닐까?' 입을 헤벌리고 놀라기 바빴다. 그에 비해 나는 뭘 잘하는지, 뭘 좋아하는지도 모르는 사람 같았다. 언제까지고 선배들이 만들어놓은 울타리 안에서 보호받으며, 큰 책임지지 않으며 일하겠다는 해맑은 생각을 했던 것 같기도 하다. 근데 내가 그러거나 말거나 이후에도 피디님은 틈틈이 나에게 '언젠가' '같이' '입봉'을 하자고 제안했고, 그때마다 나는 웃음으로 무마했다.

그런데 한 번은 흘려들을 수 있었지만, 이게 두 번, 세 번, 반복되다 보니 자꾸 마음속으로 생각하게 되는 거였다. (아무래도 이걸 노렸던 것 같다.) '진짜 그게 되는 건가' '그럼 같이 할 작가팀도 꾸려야 하는데…' 진짜 그게 될 수도 있겠다는 생각이 들면서도, 동시에 자신이 없다는 생각도 커졌다. 그래서 물어봤다. 어떻게 그렇게 자신

있게 메인피디가 된다 생각하냐고. 그랬더니 의외의
대답이 돌아왔다. "저 자신 없는데요? 그냥 내가 좋아하는
사람들하고 같이 일하면 재밌을 거 같잖아요." 놀랍게도
나는 그 말에 설득된 것 같다. 자신 없다, 같이 하면
재미있을 것 같다, 모두 동의하는 바였다. 언제가 될지 알
수 없는 미래이긴 했지만, 언젠가 될 수 있는 미래를 꿈꾸기
시작했다.

돌이켜보면 그때 진짜 진짜 그만둘 생각은 없었던 것
같다. 그런 사람치고 너무 열심히 했다. 소품 하나 고를
때도, 30초짜리 VCR 촬영구성안을 쓸 때도, 일반인
출연자를 섭외할 때도, 잭슨을 처음 찾을 때도, 해외 촬영
여행지 자료조사를 할 때도… 정말 열심히 했다. 하지만
애석하게도 '열심히'와 '잘'은 다르다. 열심히는 하는데, '잘'
하고 있는지에 대한 확신이 없으니 이 일을 좋아한다고
말하기가 두려웠던 것 같다. 그래서 일종의 '센 척' 마인드로
'언젠가 이 일을 그만할 수도 있다'라는 생각을 했다.
그 시기 나에게 (언젠가) 입봉 하자던 피디님의 제안은
나에게 큰 위로였다. '잘' 하고 있다고, 그만두지 않고, 조금
더 나아가도 된다고. 그래서 나는 언제가 될지 모르지만,
언젠가 올 지도 모르는 미래를 꿈꾸게 되었다. 그리고
더 이상 이 일을 좋아하는 마음을 스스로 속이지 않기로

했다. 힘들었지만 좋아했고, 좌절했지만 좋아했고, 때때로 열받지만 좋아했다. 그래서 더 잘하는 사람이 되고 싶었다.

"시간은 전쟁같이 흘러 8년이 지나 '그날'이 왔다"

가장 먼저 할 일은 후배 단비를 만나는 것이었다. 팀을 꾸려야 했기 때문이다. 단비는 나와 아주 오래 함께 했던 작가다. 좋은 것도 너무 많고, 싫은 것도 너무 많아 감정표현이 화려한 ('감정이 들쭉날쭉하다'를 단비가 이렇게 예쁜 말로 표현해주었다.) 나와 달리 감정의 높낮이가 꽤나 일정한 사람이라, 고맙고, 의지하고, 또 한편으론 미안한 후배이다. 우리는 일 외에도 자주 만나 삼국지의 도원결의처럼 미래를 도모하곤 했는데, 막상 진지하게 제안을 하려니 조금 떨리기도 했다. 술집에서 맥주를 한 잔씩 시켜놓고 비장하게 이야기했다. "단비야, 드디어 때가 왔어." 단비는 눈물을 글썽이면서 답했다. "그날이 오긴 오네요. 꿈꾸는 것 같아요." 그걸로 한시름 놨다. 생각해보면 단비 주변에 조명이 반짝거렸던 것 같은 착각까지 든다. 아무튼, 단비의 합류를 시작으로 우리는 한발자국 내딛었다.

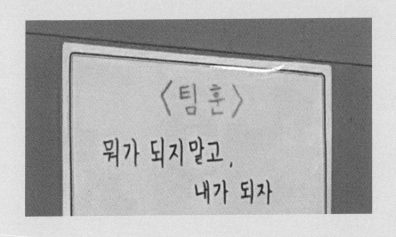

"새로운 팀에는 새로운 방식이 필요했다"

작은 것부터 정하기 시작했는데, 가장 중요한 것은 팀원 모두가 회의 시간에 자유롭게 의견을 말할 수 있는 팀이 되면 좋겠다고 생각했다. 물론 쉽지 않은 일이다. 어느 회사나 그렇겠지만, 막내는 회의에 열심히 참여하기가 어렵다. 나만 해도 그랬다. 까마득한 선배들 앞에서 내 말이 헛소리가 될까 봐 입 한번 떼기가 무서웠다. 막내를 벗어나고 한참 늦게 깨달아서 아쉽지만, 쓸데없는 의견은 없다. 누군가의 한마디가 생각의 물꼬를 터줄 수도 있고, 뼈대만 있던 아이디어에 살덩어리를 붙일 수도 있고, 방향을 완전히 바꿀 수도 있다. 우리는 모두 회의 안건에 대해 각자 생각할 시간을 갖고, 한명씩 돌아가면서 자기 의견을 이야기했다. '나'는 어떻게 생각하는지, 왜 이렇게 생각하는지. 모두의 의견을 듣고, 오랜 시간 설득하고, 설득당하고, 논쟁하고(라고 쓰고 '싸우고'라고 읽는다), 결정했다.

누군가는 비효율적이라고 할 수 있다. 이게 정답이라고도 할 수 없다. 하지만 균열은 아주 작은 데서 시작된다고 생각했다. 내가 '아니'라고 생각했던 것이 어떤 이유도 듣지 못하고 강행될 때, 그 불신은 촬영 현장에서 걷잡을 수 없이 커지기도 하기 때문이다. 물론 모든 사안에 100% 합의하고 가는 것은 현실적으로 불가능하다. 촬영에 이르기까지 정할 것들이 조금 오버해서 5만 개 정도 있으니까. 하지만 최대한 많은 부분에 있어서 제작진 안에 합의가 있었으면 했다. 다행히 팀원늘은 그 방식에 적응해주었다. 선배 의견이라고 무조건 따르는 법 없이, 후배 의견이라고 무시하는 법 없이 뜨겁게 의견을 나눴다.

기획, 촬영, 편집, 후반 작업, 그리고 방송이 될 때까지. 1년 5개월의 시간이었다. 쉽지 않았다. 나부터도 정답이 없는 일에서 늘 '맞는' 의견을 내고 싶어서 매일 고통받았으니까. 익숙하지 않은 방식이 누군가에게는 어려울 수 있었을 텐데, 최선을 다해 함께 해주어서 고맙다는 인사를 이 지면을 빌어 전해본다.

"뭐가 되지 말고 내가 되자."는 우리 팀의 '팀훈'이었다. 사실 이 말은 나에게 가장 필요한 말이었다. 이 일을 시작하고부터 이 프로그램이 세상에 나올 때까지 많은 시간 나를 의심하고, 많이 흔들렸다. 내가 할 수 있을까, 내가 그럴만한 사람인가, 내가 하는 말이 맞는 말인가… 매일 나를 돌아봤다. 그 수많은 자책의 순간을 겪으면서도 내가 뭐가 되지 않고, 내가 될 수 있었던 이유는 함께 해준 사람들 덕분이었다. 스스로에게 확신이 없는 나에게 입봉을 제안해준 은경 피디님, 그리고 이유 없이 당연하게 나와 함께 하기로 결정해준 후배 작가 단비부터, 우리의 방식에 너무나 자연스럽게 적응해 준 지영, 정은, 수빈, 은혜, 서진이까지. 내가 나에게 확신이 없을 때에는 나를 믿어주는 사람들의 마음을 믿고 가도 되겠다는 생각을 한다.

프로그램이 끝나고 나면 헤어짐이 있다. 뜨거웠던 만큼 아쉬움도 크다. 인생은 마음처럼 흘러가지 않기 때문에 오랜 시간 다시 만나지 못하는 누군가가 생기기도 한다. 이 익숙한 이별의 과정 속에 우리는 함께했던 뜨거운 계절을 마음속 서랍에 담아두고 살아가다가, 언젠가, 운 좋게, 다시 만나면 그 이야기를 다시 꺼내 몇 번이고 뜯어먹으며 산다. 인간은 혼자서도 오롯이 존재할 수 있어야 한다고

하지만, 혼자라면 절대 할 수 없는 일들이 있다. 나에게는
프로그램을 만들 때가 그중 하나다. 출연자들이 직업군별로
팀을 이뤘듯이 우리도 모두가 팀이었다. 작가팀, 피디팀,
카메라팀, 거치팀, 오디오팀, 드론팀, 조명팀, 진행팀 등
이 많은 팀들이 모여 또 〈사이렌〉 안에서 한 팀이 되었다.
불의 섬에서 함께 한 모두에게 감사하다. 덕분에 추웠고,
선선했고, 뜨거웠고, 서늘했고, 다시 유난히 추웠던 이
계절들이 오래오래 기억될 것 같다.
화면 뒤에 존재하는 사람들의 이야기를 일부나마 담을
기회가 생겨 행복했다.
비로소 〈사이렌〉을 마음속 서랍에 넣을 수 있을 것 같다.
〈사이렌: 불의 섬〉 안녕!

2023년 채진아

감사의 말

갯벌에 빠져도, 새벽까지 불침번을 서도, 3만 평의 섬을
하루에 몇 바퀴씩 돌아도, 내일 기지전 언제 시작하냐고,
그래서 군인팀 작전은 뭐냐고 호기심 가득 찬 눈으로
물어보셨던 60명의 카메라 감독님들과 그들의 메인이었던
이창대, 배용욱 감독님.
300대의 카메라로 3만 평을 커버하라는 미션에 섬 곳곳을
누비며 카메라를 뗐다 붙였다 하는 수고를 마다하지 않았던
거치팀과 오치만 감독님.
한국에 없는 장비까지 수입해가며 출연자들의 작은
속삭임까지 담아내준 김선우 감독님과 오디오팀.
조명이 있는 듯 없는 듯 있는 것처럼 해달라는 개떡 같은
연출의 말을, 찰떡같이 구현해주신 황성현 감독님과

조명팀.

드론, 레이싱 드론, 스파이더, 와이어 캠까지, 전 직원을
모두 동원해 큰 그림으로 섬의 지도를 그려주신 이현수
감독님과 드론팀.

무거운 장비를 산길로 이고 지고 옮겨 다니면서도 불평 한
번 하지 않으셨던 지미팀 이은일, 박경수 감독님.

셀 수 없는 메모리 관리는 물론, 처음해보는 시도들에
온갖 문제가 발생할 때마다 나타나서 그 문제를 별것 아닌
것으로 만들어줬던 테크니컬 슈퍼바이저 이광운 감독님과
DIT팀.

편하고 힙한 의상을 만들되 출연자 안전을 보장하고,
카메라는 숨겨야 하며, 오디오는 안 보이게 해달라는, 말도
안 되는 요구에도 언제나 오케이를 외쳤던 이종화 대표님과
의상팀.

스텝들은 제작진이 챙기는데 제작진은 누가 챙기냐며 혼이
나간 제작진들의 편에 늘 서주었던 프로듀서 박희선님.

섬에 가득했던 귀뚜라미 소리 가운데서 출연자의 발자국
소리 하나까지 놓치지 않으려고 노력해주셨던 사운드
조계환 감독님.

장소 효과음을 모스부호로 하면 어떻겠냐고, 프로그램의
특성을 살리기 위해 밤새 아이디어를 짜오셨던 효과팀
유한상 감독님까지.

〈사이렌: 불의 섬〉을 빛내준 또 다른 주인공들께, 진심으로
감사드립니다.